AYUDA PARA LOS MOMENTOS DE CRISIS

Qué hacer

cuando no sabes qué decir

MARY ANN FROEHLICH

Y PEGGYSUE WELLS

Publicado por
Editorial Unilit
Miami, Fl. 33172
Derechos reservados

Primera edición 2002

© 2000 por Mary Ann Froehlich y PeggySue Wells
Todos los derechos reservados.
Originalmente publicado en inglés con el título: *What to Do When You Don't Know What to Say* por Bethany House Publishers, un ministerio de Bethany Fellowship International 11400 Hampshire Avenue South, Bloomington, Minnesota 55438, E.U.A. www.bethanyhouse.com

Traducido al español por: Federico Henze

Citas bíblicas tomadas de la Santa Biblia, revisión 1960, © Sociedades Bíblicas Unidas y la Santa Biblia, Nueva Versión Internacional, © 1999 por la Sociedad Bíblica Internacional. Usadas con permiso.

Producto 495207
ISBN 0-7899-0049-1
Impreso en Colombia
Printed in Colombia

Mary Ann Froehlich es terapeuta musical graduada y autora de varios libros. Tiene un doctorado en música y es maestra de cuidado pastoral. Vive en California con su esposo y sus tres hijos.

PeggySue Wells es ama de casa, maestra, artista gráfica, editora y escritora. Reside en Indiana junto a su esposo y sus siete hijos.

Dedicado a nuestras preciosas familias
y a nuestros queridos amigos,
quienes son las fieles manos de Cristo
en nuestras vidas.

Reconocimientos

Agradecemos, de todo corazón, que los muchos colaboradores que tuvimos nos contaran tan solícitamente cómo otras personas les salieron al encuentro durante las crisis de su vida. Estamos agradecidos de Ann Parrish, Steve Laube y nuestros amigos de *Bethany House* por captar la visión y llevar a cabo este proyecto.

Contenido

Introducción

La estatua de Jesús en la plaza de la villa era el orgullo de un pequeño pueblo en Europa. Sin embargo, durante la Segunda Guerra Mundial bombardearon la ciudad y entonces los habitantes del pueblo recogieron los pedazos de la estatua destruida y con cuidado la reconstruyeron lo mejor que pudieron. Al terminar de pegar todos los pedazos, solo les faltaban las manos de Jesús. Así que colocaron una placa en la base de la estatua con la siguiente inscripción:

Ahora somos las únicas manos que tiene Jesús.

¿Cómo podemos ser las manos de Jesús para nuestros amigos y vecinos que están pasando por una crisis en la vida? Nuestro deseo de ayudar es sincero, pero muchas veces no sabemos cómo hacerlo. «¿Cómo puedo ayudar?» es una pregunta inútil. En el pozo del dolor emocional o físico, la gente no tiene la energía de decirnos qué le sería de ayuda. La verdadera ayuda viene al sentir el

11

dolor del otro, ver la necesidad y actuar en consecuencia.

Prestar ayuda es un ministerio de aliento, es darle ánimo a alguien en sus horas oscuras. La meta es acercarse y cargar los sufrimientos de nuestros amigos. Ayudar, según la definición del diccionario, es sostener, hacer más llevadero, aliviar, beneficiar y cambiar para mejorar.

Muchas veces la gente aprecia mejor la ayuda cuando una persona se toma el tiempo para «darle un abrazo de Dios», un hecho simple y a veces invisible que provee un ancla en las aguas tormentosas de la desesperación. Una obra de amor que realiza alguien que se interesa por nosotros es «Jesús revestido de piel».

A lo largo de los años PeggySue y yo escuchábamos con atención, siempre ansiosas de oír lo que realmente ayuda a la gente que está herida. Estábamos atentas a las ideas únicas que van más allá de hacer una llamada telefónica o enviar una tarjeta. La inspiración de muchos de mis libros proviene de una simple declaración que nos hizo un profesor del seminario hace veinte años. Él nos dijo: «Creo que debiéramos cerrar los libros de texto y los tratados teológicos y simplemente preguntarle a la gente "¿cómo sobreviviste esto? ¿Cómo te llevó Dios a través de esa odisea?"»

Este libro tiene la intención de inspirarte en tu viaje de ayuda con una colección de verdaderas experiencias de la vida. Las ideas son una compilación de numerosas contribuciones anónimas de personas que explicaron lo que más las ayudó durante los momentos difíciles de su vida. Hemos hecho un esfuerzo por agruparlas en categorías separadas, de modo que a los lectores se les facilite tener acceso a las ideas relacionadas con una situación específica. Te animamos a leer todos los casos de un capítulo en particular porque varias de estas ideas pueden aplicarse en distintas circunstancias. Este no es un libro de ayuda profesional. Ni los amigos sustituyen la terapia, ni la terapia sustituye la amistad.

Los momentos difíciles son un factor de la vida. Es probable que ya hayas tenido tu parte. Y es posible que el futuro tenga nuevos desafíos para ti y para quienes amas. Cristo nos dice: «En este mundo afrontarán aflicciones, pero ¡anímense! Yo he vencido al mundo» (Juan 16:33 NVI). No olvidemos nunca el privilegio de estar llamados a ser un espejo diario de Jesucristo y a ser sus manos de ayuda para un mundo herido.

CAPÍTULO UNO

En medio de las crisis dar abrazos de Dios: Nuestro modelo bíblico

Dios sabe cómo guiarnos hasta el punto de las crisis y Él sabe cómo guiarnos a través de estas ... No hay otra salida sino Dios.

L.B. COWMAN

Las crisis tienen muchas caras en nuestra vida, incluyendo la pérdida de un ser querido, enfrentar una seria enfermedad, un problema de adicción, cambio de trabajo, mudanza o divorcio. Algunas crisis son devastadoras y cambian nuestra vida para siempre. Otras son tensas, pero a la larga dan resultados beneficiosos. Con frecuencia, las crisis nos hacen empezar de nuevo. Todas las crisis pueden parecer abrumadoras.

Por definición, una crisis es un punto de cambio. La gente en crisis se siente impotente y desesperada. Vive al borde de la desesperanza, generalmente sintiéndose sin fuerzas para cambiar su situación. La tensión es paralizante. Los caracteres que representan la crisis, en el idioma chino, significan peligro u oportunidad. Una crisis puede destruir a alguien o fortalecer a una persona. El punto que marca la diferencia depende de cómo encaremos la crisis; y cómo encaremos la crisis depende, con frecuencia, del tipo de apoyo que recibamos.

> *¿Es mi fuerza la de las piedras, o es mi carne de bronce? ¿No es así que ni aun a mí mismo me puedo valer, y que todo auxilio me ha faltado?*
>
> JOB 6.12-13.

Dios le promete a sus hijos que las crisis de la vida no los destruirán. Él estará a nuestro lado para consolarnos y llevarnos a través de esos momentos difíciles. El Espíritu Santo también se menciona como el Paracleto (de la palabra griega *parakletos*), lo cual significa el consolador que se acerca para ayudar o apoyar, es el abogado. Acercarse para consolar a otros es nuestro modelo bíblico de ministerio.

*Nos vemos atribulados en todo, pero no abatidos;
perplejos, pero no desesperados; perseguidos, pero
no abandonados; derribados, pero no destruidos.
Dondequiera que vamos, siempre llevamos en nuestro cuerpo la muerte de Jesús, para que también su
vida se manifieste en nuestro cuerpo.*

2 CORINTIOS 4:8-10, NVI

Regalos del corazón

*Con regalos se abren todas las puertas y se llega a
la presencia de gente importante.*

PROVERBIOS 18.16 NVI

El tema que corre a lo largo de estas verdaderas
experiencias de la vida, es un regalo que puede tomar varias formas. Abrir la puerta a la sanidad, a
las relaciones interpersonales, a la fe; el regalo es
una ofrenda que se da sin compensación. No queremos nada a cambio. Estos no son regalos que
puedan comprarse en una tienda, como se hace en
nuestra cultura. No depende de nuestros recursos, estos son regalos de tiempo, compasión y sen-
sibilidad. Por lo general, la gente que tiene menos
tiempo y dinero, es quien más da a los demás. Los
regalos descritos en estas páginas provienen del

corazón y transmiten el mensaje: «Conozco y reconozco tu dolor. No estás solo. Aquí estoy yo».

La cadena de compasión

Somos los eslabones en la cadena de compasión de Dios. Él nos consuela en nuestros sufrimientos para que podamos consolar a otros.

> *Bendito sea el Dios y Padre de nuestro Señor Jesucristo, Padre de misericordias y Dios de toda consolación, el cual nos consuela en todas nuestras tribulaciones, para que podamos también nosotros consolar a los que están en cualquier tribulación, por medio de la consolación con que nosotros somos consolados por Dios. Porque de la manera que abundan en nosotros las aflicciones de Cristo, así abunda también por el mismo Cristo nuestra consolación. Pero si somos atribulados, es para vuestra consolación y salvación; o si somos consolados, es para vuestra consolación y salvación, la cual se opera en el sufrir las mismas aflicciones que nosotros también padecemos.*
>
> 2 CORINTIOS 1.3-6

Somos más sensibles a los sufrimientos de los demás, cuando personalmente hemos experimentado el mismo dolor. Las experiencias son las gafas que Dios nos da para ayudarnos a ver con claridad. La experiencia del sufrimiento nos refina como al oro. Nadie sabe lo que representa el dolor por la pérdida de un hijo, como los padres que también sufrieron la misma pérdida. Solamente una viuda comprende cabalmente la desesperación de una viuda reciente, y el hombre mejor capacitado para ayudar a un amigo que acaba de perder el trabajo es aquel que también ha estado desempleado. La pieza crítica para ayudar a los demás es la habilidad de ver y sentir su dolor, de comprender lo que en realidad está pasando la persona en crisis. Tenemos un Dios que nos consuela personalmente, nos revive en nuestra desesperación y decide usar personas específicas como eslabones en Su cadena de consolación:

Cuando llegamos a Macedonia, nuestro cuerpo no tuvo ningún descanso, sino que nos vimos acosados por todas partes; conflictos por fuera, temores por dentro. Pero Dios, que consuela a los abatidos, nos consoló con la llegada de Tito, y no sólo con su llegada sino también con el consuelo que él había recibido de ustedes.

2 CORINTIOS 7:5-7ª NVI

Tú eres un agente de consuelo, un eslabón indispensable en la cadena de compasión de Dios. Al leer las siguientes contribuciones, recuerda tus propias vivencias dolorosas, cómo Dios te consoló y cómo otras personas te ayudaron, o no. Nuestro Salvador nos llama a llevar las cargas los unos de los otros.

Oportunidades para ser ángeles

Cuando el sol se pone
Tienes un gusto de amargura en tu ser
No por lo que haces,
sino por aquello que dejas de hacer.
De noche te asaltan fantasmas enormes,
son estos las tiernas palabras
que no pronunciaste,
La carta que aún no escribiste,
La flor tan hermosa que nunca enviaste.
Tenías tanto apuro
que olvidaste quitar la piedra
que estorbó el camino de tu hermano,
Y el cordial consejo que pudiste dar,
nunca le brindaste.
Las preocupaciones tu mente llenaban
El tiempo volaba y ni aun pensaste
que alguien esperaba por el toque suave
de tu mano amiga.

Y el alegre acento de tu voz, querida.
Los actos de bondad pasados por alto
Son esos momentos de oportunidades
En que los mortales, si los aprovecharan,
ángeles pudieran por sus obras ser.
Cuando por las noches el silencio impera
Todas estas obras vienen tenuemente
para llevarse lejos el dolor
cuando la esperanza brilla débilmente,
cuando la sequía detuvo la fe.
Tan corta es la vida, tan grande es la pena,
que sería espantoso demorar la ayuda
hasta que tan tarde llegara, querida,
que sería inútil nuestra compasión.
Y no es lo que hagas, querida,
Lo que un gusto amargo te deja en tu ser
sino todo aquello que al ponerse el sol
dejaste de hacer.

ADELAIDA PROCTOR

CAPÍTULO DOS

En tiempos de enfermedad

*En efecto, estuvo enfermo y al borde de la
muerte; pero Dios se compadeció de él, y no sólo
de él sino también de mí, para no añadir
tristeza a mi tristeza.*

FILIPENSES 2:27 NVI

Durante meses estuve crónicamente enferma,
extrañaba no llenar la casa con el aroma de
galletitas de Navidad recién horneadas. Compra-
mos galletitas en la panadería y unos amigos las
traerían, pero no era igual que hornearlas en casa,
según nuestra tradición anual.

Cuando mi amiga mandó a sus hijas adolescentes a pasar la tarde para hornear galletitas junto a mis hijos, el aroma de la festividad me levan-
tó el espíritu.

23

Mi esposo estaba en un viaje de negocios, cuando mis hijos y yo nos enfermamos con el gripe. En el pórtico de la casa mi amiga me dejó un «paquete para cuidar el gripe» que contenía pañuelos de papel, pastillas para la garganta, medicina para el resfriado, hierbas y té. Ella fue un salvavidas cuando yo no podía ir hasta la farmacia.

Después que me diagnosticaran una seria enfermedad, mi amiga me llevó a todos las citas médicas que tuve y se sentó a esperar conmigo. La enfermedad fue abrumadora, pero no la enfrenté sola. Mi amiga fue mi ángel guardián, de carne y hueso.

La cirugía salvó la vida de mi esposo. Al sentarme a su lado durante la recuperación, me sorprendí agradablemente cuando llamaron a la puerta. Una amiga nos mandó la cena de nuestro restaurante preferido. Sabía que estábamos celebrando una ocasión especial y que íbamos a estar demasiado exhaustos como para hacer algo.

Aunque tengo cuarenta y cuatro años, mi madre nos sigue trayendo sopa de pollo casera y panecillos, cuando alguno de nosotros se enferma. No sé si es la sopa o solamente su amor, pero esta comida especial siempre nos ayuda a curarnos.

Después de pasar toda una serie de pruebas y una biopsia para detectar cáncer, regresé a casa y me encontré con un ramo de flores en el pórtico. La tarjeta adjunta me confirmó que mi amiga estuvo pensando en mí durante el agotador proceso.

Corrí en un maratón y al llegar a la línea final, caí desmayado. Unos amigos, que también estaban en la carrera, se llevaron a los

chicos para sus casas permitiendo así que mi
esposa me acompañara en la ambulancia. Mi
mejor amigo y su esposa fueron detrás de la
ambulancia y se quedaron en el hospital con
mi esposa y conmigo hasta que estuve fuera de
peligro. Ese día Dios nos envió muchos ángeles para ayudarnos.

Tenía mucho dolor en la espalda debido a
una lesión, sin agregar lo deprimida y total-
mente inútil que me sentía para ayudar a mi
familia. Mis amigas se pusieron en acción. Una
limpiaba la casa una vez a la semana. Otra me
hacía las compras semanales. Otra llevaba y
traía a los niños del colegio y otra les prepara-
ba la comida. Estas amigas especiales se repar-
tieron la carga y cada una se hizo responsable
de una parte. Igual que los que llevaron al
amigo paralítico a Jesús, ellas cargaron conmigo durante esa época difícil.

Estaba hospitalizada cuando mi hija cumplió siete años, anhelaba hacerle un festejo especial, pero ni siquiera tenía fuerzas para salir de la cama. Mi amiga comprendió mi corazón de madre. Llamó por teléfono para preguntar qué quería mi hija para su cumpleaños. Tarde aquel día, vino a mi habitación para entregarme el presente envuelto en papel de regalo, un pastel de cumpleaños que compró hecho, platos y decoraciones. Antes de irse, colgó guirnaldas y globos. Cuando mi esposo y mis hijos llegaron, mi esterilizada habitación del hospital estaba transformada en una fiesta. El cumpleaños que pensé sería un mal recuerdo para mi hija, quedó como uno de los días favoritos de la familia, gracias a mi atenta amiga.

Tengo una enfermedad terminal. Como madre que soy, me preocupa dejar a mis hijos. También mi esposo me necesita, así que planeamos un viaje a México, sabiendo que sería nuestra última salida juntos. Debido a las complicaciones de mi enfermedad, nuestros buenos amigos nos acompañaron para ayudarnos.

Con espontaneidad hablamos de mi próxima muerte y los arreglos para el futuro. Ahora tengo el consuelo de saber que cuando yo me vaya, mis amigos respaldarán a mi familia.

Mis cuatro hijos pasaron por turno las varicelas. Después de pasarnos dos meses encerrados, nos sentíamos un poco sofocados. Mi amiga nos trajo una «canasta para enfermedades» cargada de juegos, películas, juguetes que sus hijos ya no usaban, elementos para dibujar, pintar y hacer otras actividades. Fue mejor que la Navidad.

Debido a una embolia mi padre se puso difícil y hasta abusivo con la familia, especialmente con mi madre. Intenté ayudar a mi mamá a cuidarlo, pero no soportaba ver su deterioro. El dolor que infligía a sus seres queridos era algo que nunca antes hubiera hecho intencionalmente. Cuando el agua me llegaba al cuello, corría a la casa de mi amiga. Ella me abrazaba y me decía cosas dulces para consolarme. Sus palabras eran como almohadones para mi dolor. Gracias a ella pude perseverar.

Luego de una cirugía de cáncer, una amiga vino a sentarse a mi lado en el hospital. Era el día más negro de mi vida. Ella estaba recién convertida, pero Dios la usó para hablarme y me dijo: «Creo que vas a tener que dejar que tus amigas llevemos tu dolor». Me consoló con una sola frase de esperanza. Luego, cuando otros amigos nuestros perdieron a un hijo, mi esposo y yo no sabíamos cómo manejar esa difícil situación. Queríamos evitar su dolor. Pero, gracias al ejemplo de mi amiga, sabíamos que, simplemente teníamos que estar allí. Tomamos una buena bocanada de aire y los llamamos.

Cuando me hospitalizaron durante muchas semanas, una amiga me traía unos alimentos que mi estómago agradecía y yo disfrutaba mucho. Otra amiga me vino a leer. Me equipó con una grabadora de batería y libros grabados para los días que no podía venir en persona. Escuchar las estimulantes historias grabadas en cinta me daba ánimo y me ayudaba a pasar el tiempo.

Cuando mi esposo estuvo hospitalizado debido a problemas del corazón, mi grupo de estudio bíblico organizó las comidas y el cuidado de los niños para nuestra familia de manera que yo pudiera estar en el hospital. Algunas de las mujeres visitaban a mi esposo y oraban con él. Se anticipaban a suplir nuestras necesidades aun antes de que nos diésemos cuenta cuáles eran. Dios usó a estos ángeles para hacer que mi esposo estableciera una relación personal con Él.

Ahora vivimos en una ciudad pequeña y a veces extraño la gran ciudad. Después de la histerectomía me deprimí. Mi mejor amiga, que vive en otro estado, llamó a un servicio de comidas local e hizo los arreglos necesarios para que nos enviaran una cena elegante a casa. Ese gesto me llenó de alegría.

Nuestro bebé nació con graves defectos en el corazón y necesitó una cirugía urgente. Durante esas críticas condiciones me deshice cuidando a mi bebé recién nacido. Sabía que necesitaba un descanso, pero jamás dejaría a mi hijo solo en el hospital, así que nuestros amigos vinieron a quedarse al lado de mi hijo para que mi esposo y yo pudiésemos salir a cenar tranquilos. Siempre recuerdo ese acto de bondad.

Mi esposo se fracturó la espalda en un accidente automovilístico y quedó confinado a la cama. Todos los sábados venía a visitarlo un amigo del trabajo y lo ponía al tanto de los sucesos de la semana. Su esposa traía una canasta llena de alimentos y sus hijos jugaban con los nuestros. Esperar los sábados nos ayudaba a pasar la semana. Nuestros amigos eran personas ocupadas, pero durante esa época triste de nuestra vida fuimos una prioridad para ellos.

El aislamiento en casa le agregó depresión a mi enfermedad crónica. Al saber que estaba demasiado débil para conducir, mi amiga me sacó a dar cortos paseos para ir a comer o a comprar un camisón nuevo. Todas las semanas mi pastor me mandaba los sermones grabados para que me sintiera conectada a la familia de la iglesia. Fue un gran consuelo saber que no me olvidaron.

Mi enfermedad requiere frecuentes hospitalizaciones de emergencia. Tengo una amiga que está disponible a cualquier hora para llevarme corriendo al hospital cada vez que es necesario. Se queda conmigo mientras me ven los médicos, les hace preguntas si yo estoy muy asustada como para pensar y apunta las indicaciones de los médicos para que yo pueda leerlas luego. Hasta se pasa la noche a mi lado en el hospital cuando el plantel de enfermeras tiene mucho trabajo. Su bondadosa presencia es mi estabilidad.

Sabía que la cirugía podría encontrar un tumor cancerígeno y estaba asustada ante la próxima intervención. También me atemorizaba no poder comer los días subsiguientes. Pero la víspera a la intervención mi esposo y mis amigas me dieron una fiesta. Sus divertidas tarjetas, los regalos y la deliciosa comida me levantaron el ánimo y mantuvieron mi mente alejada para que el temor no me consumiera.

Mi abuelo estaba inválido, pero aun así todas las semanas escribía, por lo menos, una carta a alguien que estuviera sufriendo. Cada extensa y cariñosa carta iba cargada de estímulo, de la sabiduría de su experiencia personal y de versículos bíblicos. Yo conocía su ministerio, no solo porque con frecuencia le compraba el papel de carta y luego se las despachaba por correo, sino porque a veces, si estaba pasando por momentos difíciles, era yo la receptora de una de sus amorosas cartas. En sus años postreros no solo ayudó a una gran cantidad de gente, sino que al escribir esas cartas él mismo se dio dirección y propósito a su vida. Animar a otros demostró ser la mejor medicina para él.

Criar una hija con necesidades especiales es una tarea de veinticuatro horas al día. Durante años, una amiga nos visitaba una vez a la semana para jugar, cantar, hacer alguna obra creativa y simplemente, amar a mi hija. Yo esperaba esa tarde semanal para tomarme un descanso. Volvía renovada a mi labor de amor y, después de pasar la tarde con mi amiga, mi hija siempre tenía una sonrisa en el rostro.

Mi hija participaba en danzas y deportes, pero un accidente de esquí la dejó parapléjica y lamentamos tanto la pérdida de su vida normal como si hubiese muerto. Verla sufrir era la parte más dolorosa de nuestro sufrimiento, ella se llenaba de ira y no quería vivir. Muchas de las amigas de nuestra hija dejaron de visitarla porque no podían soportar verla en ese estado, pero una amiga siguió viniendo permanentemente, sin importar lo que nuestra hija le dijese o cuán deprimidos estuviéramos. Pasar un tiempo con nosotros, en nuestro aislamiento, no era una diversión y sin embargo, la fidelidad de nuestra amiga nunca flaqueó. A veces le traía a mi hija su comida preferida, un libro que le gustara, vídeos, discos compactos u otras cosas que demostraban que por dentro mi hija seguía siendo la misma persona.

Cuando la abuela de mi esposo, de noventa y dos años, estaba tan enferma como para vivir sola, no quisimos colocarla en un asilo de ancianos. La trajimos a casa para cuidarla, tarea que a veces era abrumadora. Estaba enojada con el mundo y descargaba su ira en contra mía. Fielmente una amiga se tomaba el tiempo de escuchar mis lamentos. Otra amiga venía semanalmente a arreglarle el cabello a la abuela. Nuestro pastor la visitaba con regularidad y al retirarse, siempre me daba palabras de estímulos. Estos actos de bondad eran como un gran abrazo de Dios.

Me cansé de la comida del hospital cuando estaba cuidando a mi hijo. Una amiga, cuando venía de visita, me traía comida casera. Valoré su esfuerzo adicional que me ayudaba a mantenerme fuerte para mi hijo.

Era adicta a las drogas y vivía en la calle. Luego de intentar el suicidio y gracias a las conexiones a través de la iglesia, una familia me invitó a vivir en su casa. Yo era muy antipática, pero ellos me dieron de comer, me brindaron un techo, me ayudaron con mi bebé recién nacido y me establecieron límites. Me demostraron lo que es una familia amorosa y me ayudaron a comenzar una nueva vida.

Las horas pasaban muy lentamente en el hospital. Al saber cuán fea me sentía y lo sola que estaba, una amiga vino a arreglarme las uñas. Su compañía y sus mimos fueron la mejor medicina que tuve.

Mi enfermedad afecta a toda la familia. Cuando mi esposo está sobrecargado de trabajo, una amiga me lleva al médico. Otra amiga se asegura de que mis hijos tengan esparcimiento, como ir al parque, a la biblioteca, a conciertos, a tomar sus clases de música, a sus actividades deportivas y reuniones. Gracias a mis amigas, mis hijos no se sienten aislados a causa de mi enfermedad.

Debido a ciertas complicaciones, pasé una buena parte de mi embarazo haciendo reposo en cama. Todas las semanas venía una amiga a limpiarme la casa mientras nuestros hijos preescolares jugaban. Para levantarme el ánimo me dejaba unos cuantos vídeos y un buen libro hasta que volvía a la próxima semana.

Nuestro hijo estuvo gravemente enfermo y mi esposo perdió el empleo. El seguro médico expiraría pronto. No teníamos ninguna posibilidad de trabajo, y había poca esperanza de que un nuevo seguro cubriera la enfermedad de nuestro hijo. Durante todo el tiempo que lo necesitamos, nuestros amigos pagaron la cuota mensual del seguro para que no perdiéramos la póliza. Cuando el mundo se derrumbaba a nuestro alrededor, pude contar con que mi hijo recibiese los cuidados médicos que necesitaba.

Al ayudar a alguien, es más importante darle esperanza que ser un experto.

PAT PALAU
(SOBREVIVIENTE DE UN CÁNCER DE MAMA)

CAPÍTULO TRES

En momentos de pérdida y sufrimiento

Sálvame, oh Dios, porque las aguas han entrado hasta el alma. Estoy hundido en cieno profundo, donde no puedo hacer pie; he venido a abismos de aguas, y la corriente me ha anegado. Cansado estoy de llamar; mi garganta se ha enronquecido; han desfallecido mis ojos esperando a mi Dios.

SALMO 69:1-3

Mi papá murió un miércoles y cada miércoles, durante el primer año, encontraba flores y una nota de aliento en el pórtico de la casa. El regalo semanal de mi amiga habló a mi corazón: «*Recuerdo tu sufrimiento. Espero que llegue la primavera al invierno de tu alma*».

Después de la muerte de mi esposo, vino una amiga a ayudarme a sacar su ropa del guardarropa. Yo sola no hubiese podido hacer esa tarea ya que cada cosa me traía recuerdos y rompía a llorar. Mi amiga empacó la ropa y se la llevó. Supuse que la llevaría a alguna organización local de caridad. Pero un mes después, me trajo un cubrecama hecho con toda la ropa de mi esposo. Ese regalo es un tesoro para mí.

Perdí a mi madre en el otoño y en la siguiente primavera la herida aún seguía abierta. Mientras todos estaban enviando tarjetas de felicitaciones para el Día de las Madres, mi amiga me envió una tarjeta haciéndome saber que compartía el dolor de mi pérdida. Comprendió lo difícil que ese día era para mí.

Cuando mi joven hija estaba muriéndose de cáncer, mi amiga se llevaba a mis otros hijos a tomar un helado o al cine. Ella sabía que yo no podía dejar sola a mi hija, pero entendía la necesidad que tenían sus hermanos de llevar una vida normal.

Mi padre no sobrevivió la cirugía y murió a medianoche. Nos quedamos llorando a su lado hasta que tuvimos que retirarnos del hospital. La mejor amiga de mamá, mi tía adoptiva, se quedó con nosotros durante toda aquella penosa experiencia. Luego nos llevó a su casa y preparó una magnífica reunión para tomar el té, servido en la mejor vajilla, a las tres de la mañana. Yo nunca había asistido a un té más distinguido. Eso fue un oasis en medio de aquella traumática situación y el profundo duelo que le siguió.

Después de la muerte de mi esposa, la vida me parecía abrumadora. Me sentía perdido. Ni siquiera podía ir al mercado porque esa era una tarea que ella hacía siempre. No sabía qué marca de detergente comprar. Me espantaba ver sus alimentos preferidos. Un amigo se

ofreció para acompañarme a hacer las compras. Él fue mi refugio en la violenta tormenta.

Después de la muerte de mi hijo de doce
años, una amiga mayor de edad me invitó a almorzar. Me dijo algo que nunca le había dicho
a nadie. Hacía cincuenta años que había perdido a su hijo de cuatro años en un accidente y
todavía lo seguía llorando. Ella quiso que yo
supiera que era normal que nunca «me sobre-
pusiera». Solo otra madre, o padre, que haya
perdido a un hijo, puede comprender la inten-
sidad de ese dolor.

Pocas semanas antes de Navidad y siendo yo
una adolescente, murieron mi padre y mi hermano en un accidente. Mi madre no se sentía
con ánimos para celebrar la Navidad, pero yo
necesitaba cierta normalidad, algún tenue sentido de tradición familiar en mi mundo que de
repente daba un cambio total. Mis compañe-
ros, de la banda musical de la secundaria, se

reunieron para comprarnos un árbol, traerlo a la casa y decorarlo. Ya tengo cuarenta y cinco años, pero nunca olvidaré cómo esa sola iniciativa alivió mi sufrimiento durante esa trágica temporada festiva.

Nuestro tan largamente esperado hijo murió en el útero. Los hombres, por naturaleza, no van en busca de alguien con quien hablar y yo estaba enojado, triste y me sentía muy solo. En cuanto mi amigo se enteró, vino directamente a mi oficina y me llevó a almorzar. Comprendió que yo necesitaba hablar con alguien, así que me escuchó y oró conmigo. Me mostró que había alguien, otro hombre, a quien sí le importaba cómo me sentía yo.

El primer Día de San Valentín, luego de la muerte de mi esposo, se hizo más latente lo mucho que extrañaba al amor de mi vida. Desesperada me encerré en mi dormitorio y clamé al Señor. En ese momento alguien golpeó a la puerta. Allí estaba mi amiga con un hermoso ramo de flores. Me arrojé llorando a sus brazos, muy agradecida de que Dios no se hubiese olvidado de mí.

Mi hija tenía una enfermedad terminal y celebramos su último cumpleaños en el hospital. Los amigos nos mandaron una caja llena de serpentinas, globos, un pastel y todo lo necesario para una fiesta de cumpleaños. Necesitábamos disfrutar su último cumpleaños.

Mi amiga no envió flores al funeral de mi madre. En cambio, dos meses después me las mandó a mí por el cumpleaños de mi madre. Para ese entonces mucha gente ya se había olvidado de mi dolor, pero mi amiga sabía que yo seguiría sufriendo semanas y meses después de la muerte de mi madre.

Mi padre murió unas semanas antes de Navidad, una época muy difícil para perder a un ser amado. Mientras pasábamos los últimos días con él en otra parte del estado, una buena amiga se ocupó de nuestra casa y para cuando regresáramos a casa, nos dejó una planta navideña sobre la mesa de la cocina, como una vislumbre de la celebración. Un año después, en el aniversario de la muerte de mi padre, mi amiga nos dejó otra planta de Navidad en el pórtico de la casa. Durante esa época festiva ella nos tuvo presente en nuestro dolor.

Mi amiga hizo un cubrecama y lo trajo al funeral de mi esposo para que todos escribieran en él su recuerdo preferido. Cuando el sufrimiento se hace insoportable, yo me envuelvo, literalmente, es esos recuerdos.

Al morir mi hija, mi amiga me dio un diario. Ella sabía que para mí sería de ayuda escribirle cartas a mi pequeña. Al principio escribía con

frecuencia, pero ahora lo hago anualmente,
para el cumpleaños de mi hija. Lo más importante es que mi amiga me dijo que en cualquier momento le podía leer las cartas. Ni mi
esposo ni los miembros de mi familia soportan
escuchar mi dolor. Necesito que alguien, fuera
de la familia, escuche las palabras que salen de
lo más profundo de mi corazón.

Cuando mi hermana estaba muriendo de cáncer, me mudé a su lado para cuidarla a ella y a
sus tres hijos. Era un verano terriblemente ca-
luroso y escaseaba el dinero. Una amiga hizo
instalar un equipo de aire acondicionado en su
dormitorio y trajo algunos ventiladores para
las demás habitaciones. Otra amiga, sin decir
nada, pagó la cuenta de electricidad todos los
meses. Mientras yo me encargaba de poner
en orden los asuntos de mi hermana, las amigas me traían las estampillas de correo que tanto necesitaba. Diariamente mi hermana se animaba con las tarjetas que le llegaban por correo. Mientras yo cuidaba a mi hermana, las amigas nos traían comida. Estoy muy agradecida a

estas queridas personas que entendieron la situación que teníamos cuando mi hermana estaba demasiado enferma como para recibir visitas. Sin embargo, encontraron otras maneras de ministrarle a sus necesidades. Respetaron su frágil dignidad.

Después de la muerte de mi hijo, no podía entrar a su habitación. Ni siquiera podía pensar en limpiar el cuarto. Finalmente, enfrenté la tarea. Mi amiga estaba allí, en cada paso del camino, entregando la ropa y los juguetes a los niños necesitados, donando los libros a la biblioteca, llevando juegos al hospital donde mi hijo estuvo internado y asegurándose de que cada cosa le diera felicidad a otro niño. Eso era lo que yo quería hacer, pero no tenía la fortaleza para llevarlo a cabo. En una valija me guardó las cosas preferidas de mi hijo y la manta con la que dormía, para que yo la conservara. Estas posesiones me reconfortan dulcemente en esos días en que me duelen los brazos por no tener a mi hijo en ellos.

Mi hermano vivió con nosotros para que lo pudiéramos cuidar mientras agonizaba de SIDA. Cuando estábamos física y emocionalmente exhaustos, los amigos nos cuidaban para que nosotros pudiéramos cuidarlo a él. Una amiga me sacó a tomar un helado para distraerme un poco. Otro amigo vino a leerle a mi hermano. Otro vino a tocar música y otro hizo todos los arreglos cuando mi hermano necesitó viajar a otro estado para ver a un médico. Todos estuvieron a nuestro lado para amarlo.

Ver la lenta y dolorosa muerte de mi esposo, a causa del cáncer, me rompía el corazón. Como mi amiga sabía que mi esposo no podría hacerlo, me envió flores el Día de San Valentín. Ella se aseguró de que no me olvidaran en esa última fiesta para los enamorados.

Mi padre murió por la época de Navidad, luego de una urgente operación del corazón. Mi amiga desde la niñez me compró un ángel, pero cuando lo estaba envolviendo se dio cuenta que estaba rajado a la altura del corazón. Cualquier otra persona hubiese descartado el adorno, pero mi amiga lo pegó y me envió el ángel «del corazón roto» como recuerdo del corazón roto de mi padre. Cada vez que veo el adorno, recuerdo la manera en que mi amiga compartió mi dolor durante aquella época tenebrosa.

Todos los días tengo que pasar por la autopista donde mis hijos murieron en un accidente automovilístico. Pasar por la escena del choque siempre será doloroso, pero me ayuda ver que los amigos todavía dejan flores y notas en recuerdo de ellos. Nadie me puede quitar el dolor, pero mis queridos amigos me ayudan para que sea menos doloroso. Me alegra que hayan otras personas que recuerden a mis hijos.

Yo estaba muy apegada a papá, por lo que su muerte repentina fue devastadora. Mis amigos fueron de mucha ayuda, pero ninguno de ellos sustituía a los que habían perdido recientemente a sus padres. Lloraron conmigo y me escribieron cartas contándome sus sentimientos, similares a los míos. Sentí consuelo porque mis amigos, literalmente, sentían mi dolor.

Cuando mis dos hijos adolescentes murieron en un accidente de automóvil, estaba muy aturdida como para buscar los pasajes bíblicos que me dieran consuelo. Mi amiga me trajo una hermosa Biblia devocional y resaltó en color los pasajes que ministraban a mi dolor. En mi parálisis, yo tan solo podía abrir la Biblia y ver las marcas hechas por mi amiga. Esas palabras eran mi esperanza.

El pastel de cerezas era el postre preferido de mi esposo. Después que murió, todos los años mi amiga me traía un pastel de cerezas en la fecha de su cumpleaños. Ella convertía un día triste en una celebración donde compartíamos los recuerdos comiendo pastel de cerezas y tomando café. Aprendí a estar agradecida por el tiempo que tuve a mi esposo, en vez de amargarme por haberlo perdido.

Luego de la muerte de nuestra hija, una voluntaria adolescente del hospital nos escribió una carta contándonos cuánto ella había impactado su vida. Estuvimos muy agradecidos de conocer la impresión positiva que durante su corta vida, nuestra joven hija hizo en otra persona. Esa es una carta que apreciamos mucho.

Nuestra hija nació muerta y nadie supo qué decir. Estábamos cansados de escuchar: «al menos...» Una amiga nos trajo un rosal para que lo plantáramos en honor de nuestra hija, diciendo: «Su retoño floreció al otro lado de la cerca, en la eternidad». La vida de mi hija era valiosa, aunque fuera muy breve.

Mi padre, que estuvo involucrado en unas actividades ilegales, no vivió una vida ejemplar. Cuando lo mataron, no recibimos muchas expresiones de condolencias. Algunas personas sentían que mi padre recibió lo que se merecía. En la iglesia, pasando por alto nuestro sufrimiento, nadie envió flores ni una tarjeta. Las pocas tarjetas que recibimos fueron enviadas por los amigos de mucho tiempo. Esas tarjetas eran faros de luz en medio del océano del sufrimiento. Estos sensibles amigos comprendieron que nuestras lágrimas no se terminaron cuando finalizó el funeral.

Emocionada con el embarazo de mi tercer hijo, me levanté en medio de la noche al notar que algo andaba terriblemente mal. Mi esposo me llevó corriendo para el hospital donde perdí al bebé. Para recuperarme me pusieron en una habitación donde escuchaba las alegres exclamaciones de las madres que acababan de dar a luz a sus bebés. Estaba lloviendo cuando, finalmente, le permitieron a mi esposo llevarme de regreso a casa. Físicamente estaba mojada,

fría y temblando. Emocionalmente estaba en-
tumecida por el dolor. En casa me esperaba
una amiga que preparó el dormitorio, cambió
la cama y encendió la manta eléctrica. No dijo
nada. Ahora podía sufrir a salvo, acurrucada
en mi tibia cama. Han pasado los años, pero
cuando enfrento una situación difícil me consuela recordar ese día cuando me deslicé en mi
tibia cama preparada con cariño por mi amiga.

Supe que mi padre se estaba muriendo. No
tenía dinero para tomar un avión e ir a casa.
Pero el grupo de estudio bíblico recogió el dinero suficiente para el pasaje y hasta me llevaron al aeropuerto. Estaba viviendo en una
nube de dolor, pero estos queridos amigos se
encargaron de cada detalle.

Después de la muerte de mi hijo, unos amigos bien intencionados trataron de decir las
cosas correctas. Pero no existen las palabras correctas. Una amiga solo lloraba conmigo, con

regularidad. Ella sabía que no había nada que decir. Una vez escuché que lo que más necesitan las personas heridas es «compartir el nudo en la garganta». Nada más... pero nada menos.

Una preciosa compañera de trabajo murió en un accidente automovilístico un mes antes de una presentación importante. Mi jefe le dio a cada miembro del equipo de trabajo una piedrecita para que la guardáramos en el bolsillo durante la semana de la presentación. Cuando el dolor nos abrumaba, las piedrecitas eran un recordatorio de que Dios nos sacaría de esa tragedia de la misma forma en que hizo'atravesar a los israelitas por el río Jordán. Los israelitas reunieron piedras para recordar la fidelidad de Dios en los tiempos difíciles.

Después, mi jefe le envió su piedra a una amiga cuyo hijo había muerto en un accidente automovilístico. Durante un año esa amiga guardó la piedra en la cartera como un recuerdo tangible de que Dios la acompañaría en medio de su sufrimiento. Cuando estuvo lista, le pasó la piedra a otra persona que estaba sufriendo.

No había nada mágico en la piedra, era solo un recordatorio de la promesa de Dios en la Biblia de que Él nos ayudará a pasar por las aguas profundas.

Después de la muerte de mi padre, me obligué a mí misma a celebrar la Navidad para beneficio de mi familia. Luego, me desplomé. Estaba en un estado tan profundo de desesperación, que no podía dejar de llorar. Reconocer que nunca más mi vida volvería a ser igual sin mi papá, me llevaba al punto de la histeria. No podía sentir el consuelo de Dios. Fui a visitar a una vieja amiga que se pasó el día entero conmigo caminando por las colinas, leyendo las Escrituras, abrazándome y orando conmigo. Me escuchó y me dejó llorar libremente. Nunca me sentí tan amada y aceptada por una amiga. Ella lo dejó todo para ser los brazos de Dios que me abrazaban.

Un accidente de automóvil se llevó las vidas de dos de nuestros hijos, el mayor y el menor, dejando a nuestro hijo del medio en la Unidad de Cuidados Intensivos. Nuestros familiares, la familia de la iglesia y hasta gente que no conocíamos se nos acercó para apoyarnos durante la peor tormenta de nuestra vida. No importaba qué tarea tuviese que realizar, había alguien siempre a mi lado, ya fuera discutiendo la donación de órganos como haciendo los arreglos para el funeral, o quedándose con mi hijo en el hospital, o hablando con la prensa. Otros amigos se quedaron en casa limpiando, cocinando, lavando la ropa y cortando el césped. Algunos amigos dejaron de trabajar para quedarse a pasar la noche con nosotros. En el funeral, la gente hizo una fila hasta de cuatro horas solo para abrazarnos y decirnos que nos amaban. Otra familia abrió su casa para que el hijo que nos quedaba fuera de visita. Ellos sabían lo mucho que él extrañaba el tiempo en familia, a los hermanos y la necesidad que tenía de escapar del sufrimiento en casa.

Mi padre murió de un súbito ataque al corazón, trabajando en el fondo de su casa. Yo no estaba preparada para un golpe tan fuerte. Los gestos de solidaridad de mis amistades fueron muy significativos para mí. Una amiga me dejó una flor en el pórtico de mi casa con una nota que decía: *hoy pasé por tu casa y quiero que sepas que estoy orando por ti*. Un año después de la muerte de mi padre, una amiga me dio un pañuelo bordado con el monograma de la familia. Su nota decía: *Por todas las lágrimas que derramaste el año pasado*. Sabía el profundo dolor que yo seguía sintiendo y lo mucho que extrañaba a mi padre.

Cuando perdimos a nuestro tan largamente esperado hijo, mi esposa y yo quedamos devastados. El Día del Padre, un amigo pasó por casa y me invitó a salir a correr con él. En realidad, no hablamos de la pérdida del niño. Él entendió que yo necesitaba correr para sacarme de encima todo ese dolor y desilusión. Necesitaba una salida para mi dolor.

Abandonada por el padre de mi hijo y sintiéndome incapaz de criar sola al niño, tomé una decisión desgarradora para terminar con el embarazo. Mi amiga me aconsejó que no me hiciera un aborto, pero estuvo a mi lado durante toda la odisea. Me quería incondicionalmente aunque no estuviera de acuerdo con mis decisiones. Consciente de haber tomado la vida de mi hijo, sentí una culpa abrumadora. Lo mejor que ella hizo fue escucharme cuando volqué mi dolor y le expliqué todo el procedimiento en detalle. Aunque le resultó difícil escucharme, me quería lo suficiente como para acompañarme durante todo mi dolor.

Yo hubiera querido hablar en el funeral de mi padre, pero su muerte inesperada me dejó emocionalmente paralizada y confundida. Mi amiga había perdido a su padre un año antes y comprendió cuánto yo quería honrar a mi padre. Una noche se quedó escuchando todo lo que le conté acerca de las cosas especiales que recordaba sobre mi padre. Volvió a su casa y escribió la oración de elogio que leí en su memoria. Ella ordenó mi atribulado interior.

Mientras mi hijita de edad preescolar soportaba el proceso final del cáncer de cerebro, mi amiga venía todos los días, de regreso a su casa después del trabajo, y traía la comida preparada para nuestra familia. Se sentaba a mi lado en el sofá, mientras yo abrazaba a mi hijita en su espasmódico sueño, y me decía lo hermosa que era mi hija. A pesar del tumor que le desfiguraba la cara, ella veía a mi preciosa hija más allá del horrible cáncer que le estaba destrozando la vida.

Mi hija soñaba con recibir un ramo de rosas para su cumpleaños, pero murió en un accidente de automóvil justo antes de cumplir los dieciséis años. Mi querida amiga envió dieciséis rosas a su funeral para que estuviesen al lado del ataúd de mi hija. Su amabilidad significó mucho para mí.

Mi padre acababa de morir, cuando empezamos a cuidar a mi suegro. Tenía cáncer en el pulmón y quería morir en su casa. Mi esposo y yo nos pasábamos la mayor parte del tiempo en la casa de mi suegro. Al ver nuestro agotamiento, y que nuestros hijos adolescentes estaban sufriendo la pérdida de sus abuelos, los amigos nos regalaron un certificado para un servicio local de entrega a domicilio de comidas de cualquier de los restaurantes de la ciudad, más una película a nuestra elección. Este fue el descanso perfecto y el refrigerio necesario para una familia agotada.

No tener hijos es una invisible, pero muy dolorosa carencia. Algunas personas suponen que consideramos que nuestras carreras son más importantes que tener hijos. Otros nos interrogan con preguntan indiscretas acerca de nuestra fertilidad. Deseamos desesperadamente tener hijos, pero no pudimos concebirlos. El proceso de adopción fue frustrante. Cuando finalmente estábamos a punto de traer a casa un niño del hospital, la madre biológica cambió de idea en el último instante. Emocionalmente no podíamos volver a pasar por todo eso. Una amiga no nos hizo muchas preguntas, en cambio, nos incluyó en las celebraciones familiares y se acordaba de nosotros el Día de las Madres y el Día de los Padres. De millones de maneras, nos hacía saber que no estábamos solos con los brazos vacíos.

Después del funeral de nuestra hija, estábamos agotados emocional, física y espiritualmente. Los amigos nos animaron a tomar unas vacaciones antes de regresar a la rutina cotidiana sin nuestra hija. Hicieron los arreglos para que visitáramos a otra familia que había perdido a su hijo el año anterior. Pudimos descansar, cambiar de ambiente y aún seguir con personas que comprendían nuestro dolor. Ese refrigerio fue muy valioso para nuestras almas destrozadas.

La muerte de mi esposo, a los veinticinco años, me dejó viuda siendo aún muy joven y con un niño pequeño. Demasiado devastada como para tener una visión del futuro sin mi compañero, no soportaba escuchar al niño llamando a su papá. Mi primera reacción fue deshacerme de todo recuerdo doloroso, sacando las fotos de mi esposo de la casa y regalando sus pertenencias. El tío de mi esposo me ayudó amablemente a reconocer que mi hijito necesitaba a su papá, aunque estuviera muerto. No importaba lo doloroso que fuera para mí, mi hijo necesitaba ver las fotos de su papá y escuchar cosas de él. El tío de mi esposo me animó a guardar las cosas más preciadas de mi esposo para que se las pasara a mi hijo cuando este fuera grande. Ahora que mi hijo es un joven adulto, esas pertenencias significan todo para él. Aunque fue difícil para mí guardar vivo el recuerdo de mi esposo, fue fundamental para el bienestar de mi hijo. Ese querido tío nos ayudó a llevar nuestro dolor y a conservar un legado para mi hijo.

En medio de una temporada especialmente difícil, llegó a mi puerta un ramo de flores. La donante explicó que todos los años, por el día del cumpleaños de su difunta madre, ella la honraba mandando flores a alguien que exhibiera las cualidades que más admiraba en su madre. Recibir este legado me impresionó y animó.

Tengo SIDA y me estoy muriendo. Como soy un hijo de pastor, dudaba que mi familia pudiera comprender mis luchas interiores. Temía que me repudiasen al saber mi secreto y me convertí en un experto escondiendo mi vida homosexual. Pero al contraer la enfermedad, me vi obligado a decirles la verdad a mis padres y hermanos. Para mi sorpresa, me envolvieron en su amor incondicional y me están cuidando durante mi enfermedad. Por medio de ellos veo el total amor y el perdón de Jesucristo, de una manera tal que nunca antes había comprendido.

Mientras que algunas personas evitaban mencionar el nombre de mi hijo muerto, una amiga hablaba de él con frecuencia. Abría la puerta para que yo pudiese hablar y revivir con ella los recuerdos. Eso era muy consolador. Al llegar el aniversario de la muerte de mi hijo, a causa de la leucemia, ella me animó a participar en una caminata con el fin de recaudar fondos para la investigación de la leucemia. Lo hemos venido haciendo durante años. Agradezco hacer algo productivo en honor de la memoria de mi hijo durante este aniversario tan doloroso y, gracias a mi querida amiga, no lo tengo que hacer sola.

La muerte accidental de mi padre y mi hermano me dejó enojada y adolorida en mi adolescencia. De la noche a la mañana mi mundo se derrumbó. Me partía el alma ver llorar a mi madre. Me atemorizaba llegar, al término de cada día, a una casa sombría y silenciosa. Con frecuencia la familia de mi mejor amiga me invitaba a quedarme a cenar. Cenar con sus cuatro hermanos tan activos, siempre era una aventura. Su padre era un hombre divertido, como había sido mi papá y pude volver a reír. Su mamá me hacía sentir como parte de la familia. Actualmente soy adulta y comprendo lo difícil que le resultaría a mi madre estar sola y espero que sus amigas la hayan acompañado en esas noches tan difíciles cuando yo misma no podía seguir adelante con mi propio dolor, mucho menos con el de ella.

Cuando mi joven esposa murió en un accidente automovilístico, me quedé encargado de nuestras dos hijas pequeñas. Me sentí perdido y devastado. No sabía cómo iba a seguir adelante. ¿Quién se iba a encargar de mis hijas cuando yo regresara al trabajo? A pesar de su profundo dolor, inmediatamente los padres de mi esposa se hicieron cargo del cuidado diario de las niñas. Sé lo difícil y doloroso que fue para todos nosotros. La transición, cuando volví a casarme años después, fue difícil. Siempre les estaré agradecido.

Nuestro bebé tenía una enfermedad terminal. Durante esas preciosas y terribles últimas semanas de vida de mi hijo, nunca estuve sola. Mis amigos y vecinos se encargaban de que en la casa siempre me acompañara alguien tranquilo y sereno. Durante toda esa odisea, me dieron el regalo de su presencia.

> *Cuando las palabras son muy vacías,*
> *las lágrimas son lo más adecuado.*
>
> MAX LUCADO

En tiempos de hambre

*Los tiempos de carencia en nuestra vida suceden
por causa de relaciones rotas, problemas económicos
o períodos de severa tensión.*

**Si caen, el uno levanta al otro.
¡Ay del que cae y no tiene quien lo levante!**

ECLESIASTÉS 4.10, NVI

Cuando mi amiga vivía cerca, me dejaba un
recipiente con sopa casera delante de la
puerta de entrada. Aunque ahora vive del otro
lado del país, la distancia no ha cambiado nuestra
relación. Cada vez que una de nosotras se encuen-
tra atravesando alguna dificultad, nos enviamos
«amor en una caja». El consuelo viene en paquetes
llenos de tarjetas, recortes de revistas, libros, té,
caramelos, recetas y otros regalos para animarnos.

Definitivamente, nos sentimos abrazadas por un Dios a quien la distancia entre nosotros no lo limita.

Después del divorcio no podía hacerme cargo del jardín, de la forma en que lo hacía mi esposo, ni tampoco podía afrontar el gasto de tomar un jardinero. Una vez por semana venía un amigo a encargarse de mi jardín, sin cobrarme nada.

Se acercaba la Navidad y hacía varios meses que mi esposo estaba sin trabajo. Los amigos de la iglesia nos dejaron en el pórtico una ofrenda de amor llena de dinero y numerosos cupones para usar en la ciudad. Dios nos sostuvo mediante este regalo.

La relación con mis familiares siempre fue problemática. Llegó el momento en que se cortaron los lazos por completo y ni siquiera nos invitaron a pasar con ellos el Día de Acción de Gracias. Me sentí rechazada y no deseada. Mi amiga nos invitó a su casa diciendo que podíamos ser su «familia de Acción de Gracias». Pasamos una velada hermosa sin ningún conflicto familiar y esa tradición siguió durante años. Ahora busco a otros que no tienen a dónde ir y los invito a casa para las cenas festivas.

Cuando mi hijo luchaba por aprender a leer, mi amiga empezó a escribirle cartas. Eso lo inspiró a contestarle. Después mi amiga le mandó la suscripción para una revista donde aparecían sus pasatiempo favoritos. La lectura fue un vínculo especial entre ellos y la receta para su éxito futuro.

Después de veinte años de matrimonio, quedé devastada cuando de repente mi esposo me dejó. Por las mañanas me resultaba difícil levantarme de la cama. Más adelante supe que el hombre que dejaba el periódico oraba por mí todas las mañanas al dejar el diario en la puerta.

Mi esposo tenía que viajar semanalmente por motivos del negocio y esto motivó que nuestra relación se hiciera tirante. Era raro que estuviésemos a solas. No nos sentíamos cómodos dejando a los niños para salir solos porque tampoco ellos veían a su papá durante la semana. Mi amiga nos mandó una invitación para cenar en su casa e incluyó certificados de regalo para el teatro. Luego de una tranquila cena, mi amiga entretuvo a los niños en su casa mientras mi esposo y yo íbamos a ver el espectáculo. Disfrutamos el tan necesitado retiro, sabiendo que nuestros hijos también se estaban divirtiendo.

Con frecuencia, la familia de la iglesia provee alimentos durante el nacimiento de un bebé,

la muerte de un ser querido, alguna enfermedad grave o alguna otra crisis importante en la
vida. Pero, ¿qué pasa en las pequeñas crisis?
Cuando tenía mucha presión por falta de
tiempo o energía, alguna amiga me dejaba a la
entrada una «comida de rescate», una olla con
sopa o alguna pasta con salsa, una hogaza de
pan y alguna cosa dulce. Yo sabía que ella se
interesaba en mi situación.

Cuando regresé al trabajo, después del divorcio, volvía muy tarde a casa y demasiado
cansada como para preparar la comida que
antes hacía para mis hijos. Un día, mi amiga
ayudó a mi hija adolescente a preparar la cena
y esperarme con todo listo en el horno para
sorprenderme al regresar a casa. Fue recon-
fortante para mi corazón sentir el aroma al
abrir la puerta.

Había sido un verano caótico. Mi esposo viajó
constantemente y era raro que yo tuviera un

descanso con las tareas de la casa. Al saber que no aceptaría ningún tipo de invitación, ya que no tenía las energías para organizar que alguien cuidara de los niños, mi pastor me pidió que reservara una tarde. Su esposa me sacó a almorzar a un restaurante elegante mientras que el pastor se llevó a los chicos a montar en bicicleta y luego a una excursión. Nunca olvidaré ese gesto de amor y cómo practicaban lo que predicaban.

Nuestra familia se alegró de traer a casa a la achacosa abuela de mi esposo para vivir con nosotros, pero su necesidad de cuidado, las veinticuatro horas del día, pronto me dejó física y emocionalmente agotada. Una señora de la iglesia vio mi necesidad e hizo los arreglos necesarios para venir dos veces por semana a sentarse con abuela mientras yo iba al dentista, al médico, a hacer las compras, o salía a almorzar con mis hijos. Con estos recesos nos ayudó a dedicarle a la abuela un tiempo agradable, en lugar de ser una carga.

Hacía meses que mi esposo y yo nos veníamos preparando para el divorcio, pero el día que se mudó fue muy angustioso. Después que el camión de mudanza se fue, mi amiga me trajo un ramo de flores, dándose cuenta de mi dolor y del nuevo comienzo en mi vida.

Los viajes largos con la familia siempre me infundían terror. Regresar a casa de mis padres para el Día de Acción de Gracias era difícil porque se cumplía un aniversario de la muerte de papá. El año anterior murió repentinamente durante nuestra visita. Una amiga nos preparó una caja con meriendas para el viaje y actividades para pasar el tiempo. Ella sabía que era un viaje doloroso y estaba acompañándonos con su corazón.

Emocionalmente destruida, tuve que enfrentar el hecho de haber sido maltratada por mi esposo durante quince años. Le conté a una amiga lo seria que era mi situación y empecé a

ver a un consejero. Durante mi cita semanal
mi amiga se encargaba de mi hijo en edad
preescolar, y al regresar exhausta y agotada,
siempre me esperaba con un rico almuerzo.
Sin su apoyo, dudo que hubiera podido supe-
rar esa ardua etapa.

Sin trabajo durante unos meses, manejába-
mos el auto a través del país para asistir a una
entrevista de un posible empleo. Teníamos
muy poco dinero en efectivo, ni siquiera el suficiente como para comprarles una comida rá-
pida a nuestros tres hijos. Cuando estábamos
en la fila de un restaurante, una señora tuvo
que habernos oído hablar porque le puso dinero a mi esposo en la mano y le dijo que le
gustaba ayudar a las familias. Y entonces se
fue. Estábamos seguros que ese día un ángel
nos dio de comer.

Durante el último año en la escuela secundaria, me senté a llorar mientras hacía el examen

final de historia. En vez de enojarse conmigo, el profesor me llevó afuera del aula y me preguntó qué me pasaba. Le dije que mi novio me había sido infiel. Yo venía de un hogar donde no contaba con el apoyo de mis padres, así que le dediqué mi vida a mi novio y ahora me sentía como un deshecho. El profesor solo me preguntó: «¿Qué quieres TÚ en la vida?» Nunca antes me hicieron esa pregunta. Me dijo que usara esa ruptura como una oportunidad para ir en pos de mis sueños y comenzar de nuevo. Me alentó para ir a la universidad. Cuatro días después me mudé al otro extremo del estado, me matriculé en la universidad y comencé una nueva vida. Mi vida cambió gracias al interés de una sola persona.

Mi matrimonio es menos que ideal. Mis amigos me han brindado ayuda sin darme consejos, sino ofreciéndome libros y recursos similares, diciendo: «Me parece que esto te va a interesar». Estos regalos me equiparon con herramientas positivas para lidiar con mi situación única.

Quedé destruida al saber que mi hija adolescente, soltera, estaba embarazada. Al lamentar la muerte de su futuro brillante, me sentí fracasada como madre. Una amiga me escribió una carta enumerando todas las maneras en que había sido una buena madre. Necesitaba esa confirmación.

Crecí en un hogar donde mi madre me maltrataba emocional y físicamente y mi padre me violaba sexualmente. Nuestros padres eran felices cuando mis hermanas y yo nos íbamos los domingos para la iglesia que estaba enfrente. El pastor y su esposa siempre me daban la bienvenida en su casa y me adoptaron como una hermana mayor o niñera de sus hijos. Al hacerme sentir parte de la familia, por primera vez vi que había otras familias que no eran como la mía. Se trataban entre sí con amor, amabilidad y respeto. El amor de esa familia me cambió la vida; me dieron una visión y una esperanza para un futuro mejor con Jesucristo.

El día que mi esposo se fue de la casa, los vecinos de inmediato nos invitaron a mis hijos y a mí a cenar. Esa noche me hubiese resultado muy difícil sentarme a nuestra mesa. Su hospitalidad hizo que la soledad de esa transición fuera más llevadera.

Los padres de mi esposo están muertos y mis padres decidieron no involucrarse en la vida de nuestros hijos. Yo añoraba tener otros familiares con quienes celebrar los momentos especiales de los niños. Ahora tenemos la bendición de tener unos abuelos adoptivos que le dan prioridad a asistir a los recitales musicales de nuestros hijos, a las presentaciones teatrales en la iglesia, a los cumpleaños y a otras actividades importantes. Como ellos no tienen nietos, quizá estos preciosos amigos nos necesitan tanto como nosotros a ellos. Realmente Dios coloca a los solitarios en familias que Él diseña.

Después del divorcio de mis padres, mamá y yo luchamos mucho para que nos alcanzara el dinero. El mantenimiento del auto no era una prioridad. Yo trabajaba en una panadería y uno de mis clientes, de la estación de servicio que estaba al lado, me ofreció llenarme el tanque de combustible en su tiempo libre. Después de llenar el tanque, le hizo un servicio completo al automóvil y lo afinó sin aceptar ni un centavo por su trabajo. Llegó a ser un querido amigo de la familia.

Yo tenía un problema de adicción y, por último, mi esposa y mis hijos me dejaron. Esa misma noche un grupo de hombres de la iglesia vinieron a confrontarme, en amor, con relación al comportamiento que había destruido a mi familia. Estos hombres oraron conmigo, me recomendaron recibir terapia y se comprometieron a acompañarme en cada paso mientras yo me arrepintiera y trabajara para reconstruir todo lo que destruí. Durante el proceso de la recuperación se comunicaron diariamente conmigo. Hoy estoy muy agradecido

de estar recuperándome y haberme reconci-
liado con mi familia.

Soy un conductor de camiones de larga distancia y por lo general estoy fuera de casa. Mi
esposa tiene dos amigas que constantemente se
comunican con ella cuando yo estoy en la ca-
rretera. Nuestra iglesia me ofrece las cintas con
los cultos grabados que puedo escuchar mientras manejo. Esto me hace sentir parte de la familia de la iglesia.

Cuando mi esposo fue a la prisión, yo no tenía ninguna entrada financiera. La iglesia, a la
que mis hijos iban de vez en cuando, vino a
ayudarnos. Todos los domingos venía el mi-
crobús de la iglesia para llevar a mis hijos a la
Escuela Dominical y me invitaban a ir. El pastor visitaba a mi esposo en la cárcel y con regularidad le escribía cartas. Nuestra nueva familia de la iglesia nos ayudó económicamente, nos
mantenían el auto, nos daban ropa e invitaban

a mis hijos a las salidas especiales. No pasó mucho tiempo para que le dedicara mi vida al Señor y me uniese a un grupo cristiano de esposas con esposos encarcelados. Ya no me sentía abandonada ni avergonzada. En cambio, supe que me amaban y que Dios se ocupaba de nosotros.

Para nosotros, los problemas financieros eran una forma de vivir. Mi amiga estaba en la misma situación y cambiábamos cupones, ropa, muebles y cualquier cosa que nos ayudase a aliviar la carga de la otra. Era una preciosa amistad surgida de la crisis. Cuando mi amiga pudo hacer las compras de comestibles por medio de una red de ayuda para familias de bajos ingresos, me trajo una bolsa con alimentos ¡y hasta chocolate! Hacer galletitas de chocolate para mis hijos era una forma de sentir que estaba llevando una vida normal, creyendo que todo se arreglaría. A la semana siguiente, mi amiga me trajo dos paquetes de chocolate. Su regalo me enseñó que Dios se encarga de las pequeñas cosas de nuestra vida.

Al mudarme a otro estado, me sentía sola y extrañaba el hogar porque no pude volver para las vacaciones. De niña, mi regalo preferido era la muñeca nueva que mi mamá me daba cada Navidad. Esa tradición obviamente cambió ya que era una adulta. Pero en esta primera Navidad, lejos de la familia, mis lágrimas se convirtieron en sonrisa al abrir el regalo que mamá me mandó por correo. Dentro del envoltorio encontré tres muñequitas tontas que me sonreían. A pesar de la distancia, mi mamá supo la dosis adicional de cariño que yo necesitaba.

Recibir los papeles del divorcio fue una experiencia dolorosa, aunque pensé que estaba preparada. La pérdida era definitiva. El día que me llegaron los papeles llamé a una amiga que de inmediato vino a llorar conmigo. Con mi amiga al lado no me sentí tan sola ni abandonada.

Lucho contra la depresión química. Todo aquel que padece de depresión sabe que cuando uno cae en ese pozo negro de desesperanza, desesperación y fatiga, le es imposible salir en busca de ayuda. Tengo una amiga que me llama regularmente. Ella sabe, por el tono de voz, si estoy luchando con la depresión. Nunca falla en encontrar la forma, ya sea con un regalo, una nota, o una salida, de volverme a la realidad. Mi amiga también lucha contra la depresión, por eso comprende lo que estoy pasando y sabe cómo ayudarme.

Las crisis de mi vida no son un suceso específico, sino una difícil sucesión en mi atribulado matrimonio. Mi cuñada es quien me alienta. Al ser la esposa del hermano de mi esposo, comprende mis luchas. En algunas ocasiones he llorado con ella por teléfono y siempre me escucha y ora conmigo.

Mis padres se divorciaron cuando yo era una adolescente. La primera vez que tuve que celebrar mi cumpleaños en dos casas diferentes, no fue una feliz ocasión. Mi mejor amiga me regaló un álbum con recortes y fotos de ambas fiestas a través de los años. Éramos amigas desde muy chiquitas y teníamos muchos recuerdos lindos. Su regalo me daba la seguridad de que aunque hay cosas que cambian en la vida, nuestra amistad nunca cambiaría. Yo necesitaba esa ancla.

La cosa más difícil que tuve que hacer en mi vida fue conseguir empleo y dejar a mis hijos solos durante el día. Cuando mi esposo nos abandonó, no quise poner a mis hijos en una guardería al cuidado de personas desconocidas. Además del desequilibrio en sus vidas, la guardería resultaba ser demasiado cara para mi presupuesto. Una amiga recibió a mis hijos en su casa todos los días como parte de su familia, y hasta los transportaba para realizar sus actividades. A veces, mi amiga nos daba la cena para llevar a la casa después de un largo día. Yo le pagaba lo que podía, pero nunca pude pagarle su bondad. No hubiésemos podido sobrevivir sin su apoyo.

Mi esposo estaba exactamente en medio de un conflicto en la iglesia. Lo más productivo que pude hacer fue quedarme callada, al margen del lío y no agregar nada al problema. Debido a que algunas personas dejaron de hablarle, e incluso a mí también, empecé a sentirme mal interpretada, sola e invisible. Entonces, una amiga de la iglesia apareció en casa y me dijo: «Quiero saber cómo estás TÚ». Su pregunta me hizo sentir que en medio del problema alguien me amaba y se interesaba por mí.

Debido a que estoy sola con mis tres hijos, no puedo salir de noche como mis amigas que tienen esposo y cuidan de sus hijos. Declino las invitaciones a muchas reuniones sociales y de la iglesia. Como mucha gente sabe que no estoy disponible, ya han dejado de tomarme en cuenta. Pero de vez en cuando una amiga me trae la cena, o un postre especial del restaurante cuando sale con nuestras amistades comunes. Yo aprecio que ella se acuerde de mi situación y me traiga la fiesta a casa.

Debido a un problema de adicción, mi esposo no conservaba los empleos. Me sentía fracasada en el intento de mantener a la familia unida. La cuota del colegio de mi hija estaba atrasada y yo no tenía el dinero. Fui al colegio para sacarla, pero su maestra me dijo que una amiga anónima había pagado la cuota. Durante todo el año otra amiga me envió cheques con pequeñas sumas, los cuales llegaban exactamente la semana que tenía que comprar algo. Dios siempre me envió el mensaje de que no estaba sola.

Quedé muy dolida cuando mi hijo fue a la cárcel. La desesperación era indescriptible. Nadie, con muy pocas excepciones, sabía qué decir, o qué hacer para aliviar mi dolor. Muchos fueron rápidos para juzgar. Una vez por semana, durante todo el tiempo que mi hijo estuvo preso, una amiga me dejaba un dulce o alguna golosina sobre el escritorio. Otra amiga me dejaba flores. Ellas no tenían que decirme nada. Sabía que se interesaban por mí y que ellas oraban por mi hijo.

Me sentí traicionada y humillada luego de saber que mi esposo tenía una aventura amorosa con mi amiga. Necesitaba un lugar seguro para hablar y llorar, pero no me ayudaba que la gente hablara mal de mi esposo. Me sentía más animada cuando mis amigas me decían: «Los amamos a ambos y estamos orando por los dos. Sabemos que esto es difícil».

Cuando pasé unos años de pérdidas repetidas, junto al dolor que me ocasionaban mis rebeldes hijos adolescentes, tuve una amiga que fue mi refugio seguro. Ella era, literalmente, los brazos de Cristo a mi alrededor. Me escuchaba sin juzgarme hasta cuando estaba enojada y decía cosas brutales. No pretendía tener todas las respuestas, pero con bondad me animó a seguir a Dios en medio del dolor y me ayudó a reírme nuevamente. Si yo necesitaba hibernar, ella me dejaba desaparecer por un tiempo. Mi amiga no me reclamó nada. Estaba disponible cuando la necesitaba y me quería incondicionalmente.

Mi esposo es un hombre activo, inmerso en su trabajo y sus pasatiempo y dirige actividades en la iglesia. Nunca deja de moverse, lo que tensa un poco nuestra relación. No puede filmar las actividades que dirige y yo no soy muy mecánica. Sin juzgar nuestra situación, una amiga filma regularmente las actividades de nuestros hijos y nos regala las cintas y las fotografías durante el año. La llamamos «la historiadora familiar». Mis hijos van a recibir un legado de recuerdos debido a la fidelidad de esta amiga especial que se ha involucrado en nuestra vida.

Los últimos meses de mi programa para recibir el doctorado, me causaron mucho estrés. Tuve que dar un recital como solista, pasar los exámenes orales y dar una disertación. Como soy tímida, todo esto fue un proceso paralizante para mí. Un grupo de amigas organizó una vigilia rotativa de oración y cada una oraba quince minutos por mí durante cada presentación que yo daba. Gracias a su apoyo, toleré toda la presión. Ese doctorado nos pertenece a todas.

Cuando despidieron a mi esposo del ejército, nos quedamos sin empleo y sin vivienda. Me llevé a mis cuatro niños pequeños a vivir en las montañas, en una cabaña de unos amigos, mientras mi esposo buscaba trabajo en otro estado. Aislada y al borde de la desesperación, la vida parecía sin esperanzas. Hasta pensé en el suicidio. Aunque ya no éramos su responsabilidad, el capellán de la ex base militar me siguió el rastro. Me dedicó tiempo en el teléfono haciéndome preguntas serias como para mantenerme concentrada en continuar viviendo. Me dijo que estaba a mi disposición durante los días difíciles; y lo estuvo. Estoy agradecida por la ayuda que me brindó a pesar de la distancia.

No parece fallar nunca que cada vez que mi esposo está de viaje, nos entran criaturas a casa. Durante uno de sus viajes de negocios tuvimos una invasión de ratones, y yo les tengo miedo. Para ahuyentarlos nuestro pastor dejó una gran víbora de plástico en la entrada. Esa víbora me consoló, pero, lo más importante, me hizo reír.

Todo trabajo tiene una época de desafío. Soy maestra, así que la primera y última semana de clases, y las conferencias para el informe de las calificaciones, son las épocas que causan más estrés. Tengo una amiga que en esas semanas siempre prepara la comida para mi familia, o nos regala notas con palabras de estímulo. Me siento apoyada cuando más lo necesito.

Ni mi esposo ni yo tenemos hermanos y nuestros padres son mayores. Nuestros hijos nunca habían experimentado la alegría de reunirse con otros familiares como tíos, primos y primas hasta que mi amiga se proclamó la tía de mis hijos. Ella les hace regalos para Navidad, recuerda sus cumpleaños y los llama el primer día de clase para ver cómo les fue. La «familia» que escoge amarte resulta ser un hermoso regalo.

Vivía solitaria, a causa de un matrimonio a punto de desintegrarse, cuando conocí a un hombre que de nuevo me hizo sentir especial. También él tenía un matrimonio desastroso. Como cristiana, sabía que me estaba metiendo en problemas y que no pasaría mucho tiempo antes de involucrarnos en una aventura amorosa. Una querida amiga me confió que al comienzo de su matrimonio tuvo una relación extramatrimonial. Después de mucho trabajo y terapia, ella y su esposo siguieron casados. Me dijo que el caos y el sufrimiento que causa una aventura, nunca iguala el placer momentáneo.

Me advirtió que me arruinaría la vida y que el daño hecho a los niños me perseguiría toda la vida. Me hubiera enojado con otra persona que me dijera esas cosas, por predicarme. Pero ella comprendió mi soledad y me quería tanto como para intentar protegerme de la destrucción que había vivido. Me alejé de esa aventura en potencia. Tal vez hoy no sea «feliz» pero sí tengo la paz de Dios. Mi amiga se arriesgó a ser vulnerable y me salvó la vida.

Mi esposo era alcohólico y a veces nos abandonaba, a mí y a mis hijos, durante varios días. Como no podía contar con él, comencé a limpiar casas para mantener a los niños. Una de las familias a quienes les limpiaba la casa era cristiana. En su casa todo hablaba de su fe y desde que entraba por la puerta sentía la paz y el amor de Dios. Yo deseaba esa fe en mi vida. Me convertí en una cristiana y más tarde mi esposo entregó su vida a Cristo. Actualmente estamos criando a nuestros hijos en un hogar cristiano, muy parecido a aquel en donde limpié hace muchos años.

Cuando nuestro negocio fue a la bancarrota, estábamos llenos de deudas. Mi esposo tenía dos trabajos para poder pagar las cuentas y alimentar al bebé recién nacido. Todas las semanas venía una amiga con una lata de café llena de frijoles y una hogaza de pan casero. El Señor, como hizo con los panes y los peces, multiplicó esa ofrenda y me enseñó a hacer una gran variedad de recetas creativas utilizando los frijoles. Dios alimentó a nuestra familia gracias a la preciosa generosidad de mi amiga.

Yo era una de muchos hermanos y crecí en una pequeña casa donde mis padres alcohólicos se peleaban constantemente. No había suficiente comida, dinero, tiempo ni espacio para repartir entre todos, y nosotros, los muchachos, siempre buscábamos la forma de salir de la casa. Mi mejor amiga, que vivía enfrente, era hija única. Sus padres me hacían sentir como parte de su familia. Me invitaban a jugar, a cenar y a pasar la noche y hasta me llevaban de vacaciones. Ellos eran un oasis para mí, un descanso para mi caótica vida hogareña.

El fuego destruyó nuestra casa y todas nuestras pertenencias. Todo se podía reemplazar, excepto las fotos de la familia. Una amiga formó una red de amigos y parientes que tuviesen fotos nuestras y les pidió que hicieran duplicados. Hizo unos álbumes que nos devolvieron la historia familiar y aquellos invaluables recuerdos.

De repente quedé desempleado y mi esposa y yo nos vimos sin un centavo. Ni siquiera podíamos comprar el diario para leer los clasificados. Cada mañana mi vecino me daba una sonrisa, una taza de café y la sección de los clasificados del diario. Gracias a su ayuda enseguida conseguí empleo.

Si tengo problemas, siempre hay una persona a quien puedo llamar para orar por mí. Yo sé que mi amiga se va a arrodillar para pedirle a Dios que me fortalezca y me guíe. No es una amiga que vea con frecuencia; nuestra vida social y nuestros caminos cotidianos, raramente se cruzan. Pero el interés de mi compañera de oración va más allá del círculo social y es una parte fundamental en mi vida.

Cuando mi esposo estaba encarcelado, vacilé entre apoyarlo y amarlo incondicionalmente o enojarme por el crimen que había cometido. Todas las semanas mi amiga me acompañaba a la cárcel para visitar a mi esposo. Sin su ayuda no me hubiera sido posible pasar por aquel tiempo terrible.

Debido a mis malas decisiones perdí el empleo, la casa y mi esposa. Pasar por esas pérdidas me llevó al borde del suicidio. Fielmente, durante cuatro meses, mi madre pasaba un tiempo conmigo todos los fines de semana. Tenía poco dinero, pero siempre me invitaba a comer, al cine o hacer compras. Ella se sacrificó por mí. De no ser por mamá, hoy no estaría aquí. Ella fue un salvavidas cuando yo me estaba ahogando en la desesperación.

Mi esposo viaja constantemente por asuntos de negocios, y por consecuencia cada semana me veo sola criando a mis hijos. Siempre estoy desanimada y exhausta. El mayor desafío es oír la alarma cuando nos despierta el lunes a las tres de la mañana para que mi esposo tome el vuelo hacia el este. Si no me vuelvo a dormir, el día entero es un desastre. Por la noche estoy tan cansada que casi no me sostengo de pie, menos aun puedo encarar el millón de cosas que todavía me quedan por hacer para acostar a los niños y prepararlo todo para el día siguiente. Tengo una amiga que a veces viene los lunes por la tarde para cuidar a mis hijos y así dejarme dormir una siesta, gracias a lo cual me siento renovada.

Sentía que era una víctima y le volqué mi corazón a una amiga, enumerando todas las cosas malas que mi esposo me había hecho. Ella me dijo muy amablemente: «Creo que tienes un problema con el amor incondicional». Me apreciaba lo suficiente como para confrontarme. Sus palabras cambiaron mi perspectiva. Al aceptar a mi esposo, mi matrimonio comenzó a sanarse.

Después de estar desempleada durante varios meses, estábamos apretados de dinero y desalentados. En la semana de Navidad una amiga me regaló un mantel de fiesta. Dentro del mantel encontré certificados de regalos para usar en el mercado local. El mantel hubiese sido inútil sin algo para ponerle encima. Mi amiga nos brindó una fiesta para el corazón que nos alimentó física y emocionalmente.

Mi hijo adulto estaba enojado y turbado. Su conducta ocasionaba continuos problemas en la familia. Cuando una vez más la situación me abrumaba, llamaba por teléfono a mis amigos o iba hasta su casa. Las oraciones de esa pareja, la seguridad que me brindaron y la confianza en el potencial de mi hijo y en mi visión para su futuro, me prepararon para mantener mis ojos en la meta.

Evacuaron nuestro vecindario cuando el fuego arrasó con acres de tierra alrededor de la casa. Dios protegió nuestra casa, pero el jardín quedó consumido por el fuego. Una familia que vivía a varias horas de distancia vino con el arado, unos recortes de las plantas de su patio y muchas semillas. Se pasaron todo el día arreglando nuestro jardín. Cuando estábamos demasiado vencidos para encarar el futuro, estos amigos, literalmente, convirtieron las cenizas en algo hermoso.

Supongamos que un hermano o una hermana
no tienen con qué vestirse y carecen del alimento
diario, y uno de ustedes les dice: «Que les vaya
bien; abríguense y coman hasta saciarse»,
pero no les da lo necesario para el cuerpo.
¿De qué servirá eso?
SANTIAGO 2.15-16 (NVI)

$\mathcal{N}$ uevos comienzos

*Gran variedad de cosas pueden llevarnos a entrar
en un territorio desconocido, comenzar de nuevo,
o empezar un nuevo capítulo en la vida.
Cuando los demás conocen estos momentos,
recibimos la gracia y el valor que necesitamos
para enfrentar el futuro.*

**El que es generoso prospera;
el que reanima será reanimado.**

PROVERBIOS 11.25 (NVI)

$\mathcal{A}$ l mudarme a otra parte del estado, tuve
que dejar a mi mejor amiga. Íntimas como
hermanas, podíamos hablar de todo. Lamenté la
pérdida de nuestra relación cotidiana. La última
vez que estuvimos juntas, ella me dio un paquete
hermosamente envuelto. Adentro encontré dos
tazas, platos y una tetera que hacía juego. Con generosidad, su nota decía que aunque seguiríamos

nuestra amistad a pesar de la distancia, sabía que yo necesitaría una amiga íntima en la nueva ciudad. Me animaba a hacer nuevas amigas y a tener largas charlas con ellas también. Veinte años después ella sigue siendo una de mis amigas más cercanas y yo sigo usando esas tazas de té cada vez que quiero ganar una nueva amiga.

Me estaba convirtiendo en abuela en circunstancias difíciles. Mi hijo adolescente era el padre de un niño nacido fuera del matrimonio. En lugar de hacer una tradicional fiesta de regalos para el bebé, mi amiga me hizo un moderno día de «lavado de los pies». Llamó a las amigas más cercanas para que me trajeran regalos y palabras de aliento para lo por venir. En el té de la tarde, mis amigas curaron mis heridas. Me despedí sabiendo que no estaba sola ante lo que me deparara el destino.

Estaba por casarme y ansiaba con desesperación que mi suegra me aceptara. En la despedida de soltera, ella me entregó un hermoso paquete que contenía un par de tiradores para delantales. Me sentí envuelta en su amor, aceptación y confianza en mí misma.

Mi hija se casó dos años después de la muerte de mi esposo. A pedido suyo, tomé el lugar de su padre y la llevé por el pasillo hasta el altar. Después que los novios se fueron y se limpió el último grano de arroz y el resto del pastel de boda, conduje sin ganas hasta la casa vacía y silenciosa en la que vivía sola desde la muerte de mi esposo. Los planes para la boda trajeron actividad y huéspedes en la casa a medida que los familiares y amigos me ayudaban con los preparativos para el gran acontecimiento. Ahora temía volver a mi soledad. Me sorprendí al encontrar una canasta en la entrada. La tarjeta decía: *«Para la madre de la novia»*. Adentro encontré espuma para el baño, tés, chocolates, velas aromáticas, y un vídeo de la película *Father of the Bride* [Padre de la novia]. Mi amiga se acordó de lo sola y cansada que me iba a sentir esa noche. Su regalo transformó mi noche solitaria en una linda celebración.

Los primeros meses de embarazo coincidieron con una importante fiesta de negocios a la que debía asistir con mi esposo. Me sentía demasiado descompuesta como para salir de la cama e ir a comprarme ropa adecuada. Una amiga salió de compras por mí, otra me arregló el cabello en casa y otra amiga me prestó los accesorios. Gracias a sus esfuerzos especiales, pude acompañar a mi esposo sin sentirme mal por mi apariencia.

Por primera vez estaba lejos de mi casa, en la universidad, y extrañaba. Llegó mi cumpleaños y aún no tenía amigas íntimas, pero mi familia me mandó un paquete de cumpleaños con todo lo necesario para una fiesta. Invité a otros estudiantes al dormitorio para que me acompañaran en la celebración y así comencé muchas amistades. Me di cuenta de que todos estaban extrañando tanto como yo. Aunque a distancia, mi familia todavía celebraba ese día tan especial.

Luego de mudarme a una pequeña ciudad, me sentía sola y fuera de lugar. Una mujer que conocí en la nueva iglesia me envió una linda invitación, con un certificado de regalo, para ir a almorzar en un restaurante de la zona. Su amoroso gesto marcó el cambio decisivo para mí y ella siguió siendo una de mis mejores amigas.

Recuperarme de la cesárea y cuidar de nuestro recién nacido, me impedía dormir lo suficiente. Una mañana encontramos en el pórtico una canasta con panes dulces, pastelitos, jugos, frutas y platos de colores y servilletas. La canasta tenía atado un globo de fiesta. Después de un buen desayuno y un abrazo de mi amiga, el día fue mucho más brillante.

De adolescente, entregué en adopción a mi hijo ilegítimo; un secreto que guardé durante décadas. Encontré a mi hijo cuarenta y dos años después. Finalmente, reuní el valor para contarle a una nueva amiga que mi hijo y yo nos habíamos reunido. Como su esposo también era adoptado, ella entendió y derramó lágrimas de gozo conmigo. A la semana siguiente reunió a un grupo de señoras mayores para darme una fiesta sorpresa con todos los detalles: Cintas azules, globos y un pastel que decía: «*¡Es un varón!*» Otra amiga filmó la fiesta para que se la enviara a mi hijo. Siempre me había sentido dolorosamente avergonzada de mi secreto. La aceptación y el amor de mis amigas, me sanaron.

Después de una anticipada graduación de la secundaria, estaba ansioso de seguir la capacitación de emergencia médica. Incapaz de pagar la matrícula, decidí solicitar el programa mientras seguía ganando dinero para matricularme. Un día, me llegó por correo el cheque de unos buenos amigos: Una beca para tomar el curso completo. Gracias a esa gran confianza que depositaron en mí para solventar mi sueño, me inspiraron a esforzarme al máximo de mis posibilidades.

Cuando me ascendieron en el trabajo, mi esposa se comunicó con otras personas que habían estado en mi nueva posición. Les pidió a cada uno que me escribiesen una carta dándome la advertencia pertinente, tanto para el trabajo como para mi andar espiritual. Los sabios consejos de quienes estuvieron allí antes que yo, fueron muy valiosos.

Nos mudamos al otro extremo del país, unas semanas antes del nacimiento de nuestro sexto hijo. Extrañábamos nuestra iglesia y la acostumbrada celebración, con una fiesta de regalos, que la congregación nos hacía antes de la llegada de cada bebé. Yo deseaba que la familia de la iglesia le diera la bienvenida a nuestro hijo, igual que se la dieron a los demás niños.

Al poco tiempo del nacimiento nos llegó un enorme paquete por correo. Las mujeres de la iglesia anterior nos habían mandado «la fiesta de regalos en una caja». Los regalos venían acompañados de una película. Lloré mientras veía a mis amigas en el vídeo mostrando sus regalos delante de la cámara y dándole la bienvenida al bebé.

Estaba divorciada y comprometida para casarme con un hombre, también divorciado. Ambos sabíamos que el matrimonio de personas divorciadas era un tema conflictivo en algunas iglesias. Comenzamos a asistir a la iglesia en la que pensábamos casarnos. Algunos de nuestros nuevos amigos nos organizaron una fiesta de despedida de solteros, igual que para un matrimonio en primeras nupcias. Nos hicieron sentir amados y aceptados.

La partida de mis hijos para la universidad fue una transición agridulce. Yo estaba muy orgullosa de sus logros, aunque todos los días lamentaba no tenerlos a mi lado. Dejar a mi primogénita en la escuela fue algo traumático, pero dejar a mi «bebé» fue más difícil porque yo volvería a un nido vacío. La obra más importante, esencialmente, había terminado. Una amiga, que tenía llave de mi casa, me dejó un hermoso regalo. Junto a un paquete de semillas dejó una nota que decía: *«Así fue como empezaste»*. Al lado había una hermosa planta con flores y otra nota: *«Felicitaciones por el florecimiento de tu hija»*. Ella convirtió un momento triste en una hermosa bienvenida a casa.

Los nuevos vecinos nos dieron la bienvenida al barrio con una canasta preparada para una «cena de mudanza», acompañada de una invitación para ir a tomar café una vez que estuviésemos instalados. Una familia salió a nuestro encuentro para hacernos sentir parte del vecindario.

Nuestros gemelos nacieron prematuros y durante dos meses tuvieron que quedarse en la Unidad de Cuidados Intensivos. Me sentía constantemente dividida entre el hospital, para estar con los mellizos que luchaban por su vida, y estar en la casa con mis otros hijos que me necesitaban. Dos amigas prepararon treinta comidas y las pusieron en el congelador de casa con fáciles indicaciones para que mis hijos pudieran cocinarlas. No importaba cuán caótico fuese el día, todas las noches contábamos con una deliciosa comida caliente. Nuestras amigas alimentaron nuestros cuerpos, así como nuestra alma.

Me sentía muy nostálgica porque me mudé a otra ciudad y mi cumpleaños pasó inadvertido entre mis nuevos conocidos. Seis meses después una amiga especial me dio una gran mitad-de-fiesta de cumpleaños. Esa celebración me hizo sentir amada y fue el punto decisivo para ajustarme a mi nueva vida.

En abril descubrí que estaba embarazada, pero me sentía irritada y sola por no estar casada. Sabía lo desilusionada que mi familia estaba conmigo. El Día de las Madres una amiga me trajo una canasta con regalos para el bebé, y así celebró mi primer Día de las Madres. Además de los regalos para el bebé, agregó un cupón brindándose para ser mi ayudante durante el parto, otro cupón para los cuidados futuros del bebé y otro para una cena a domicilio. Aunque las circunstancias eran menos que ideales, me di cuenta de que una nueva vida siempre es algo para celebrar. No estaba enfrentando sola mi embarazo; este bebé sería amado.

A un miembro del plantel pastoral de la iglesia lo iban a transferir para otra congregación y durante los preparativos, nuestra iglesia rodeó a su familia con las tradicionales fiestas, regalos y buenos deseos. Mientras el foco de la emoción y la atención se centraba en el pastor que se iba, yo trataba de ajustarme a los cambios que su ausencia significaría para nosotros, los demás miembros del plantel, y la iglesia. En una reunión de despedida, una joven pareja me abrazó y me puso un sobre en la mano. Contenía una nota para mi esposa y para mí, expresándonos su agradecimiento por la continuidad del ministerio con ellos en nuestro presente local y un certificado de regalo para nuestro restaurante preferido.

Cuando cumplí dieciocho años, mis padres celebraron el arribo a mi edad adulta con una fiesta sorpresa. Invitaron a todos los que fueron una influencia positiva en mi vida durante mi crecimiento. Cada invitado se tomó el tiempo de escribir su mejor consejo y versículo bíblico preferido. Esas notas continuamente me siguen guiando e inspirando.

Nos mudamos al otro lado del país y nos sentíamos perdidos en el nuevo barrio. Un vecino nos dio un viaje en auto por la zona mostrándonos la biblioteca, varios negocios, las iglesias, los consultorios médicos y demás. Esa hora sirvió para luego ahorrarme mucho tiempo que hubiera empleado dando vueltas, perdida por los alrededores. Otra vecina nos invitó a pasar la tarde en su casa e invitó a todas las vecinas de la cuadra. Mis hijos pasaron un fabuloso rato jugando con los otros chicos. Esa tarde se estableció una red de apoyo que sigue vigente. Esos vecinos no me dieron tiempo para sentirme sola.

Después de graduarme de la universidad, tomé la muy difícil decisión de emplearme al otro lado del país. Preocupada por dejar a la familia y a los amigos, me preguntaba si habría tomado una decisión correcta. Una amiga me dejó una botella de champaña con una nota que decía: *«Los barcos están seguros en el puerto, pero los barcos no se hicieron para eso».* Me estaba «bautizando» en mi viaje de inauguración. Ese fue el estímulo que necesitaba para dar ese paso y comenzar un nuevo y maravilloso capítulo en mi vida.

El mundo se nos sacudió cuando nuestra hija adolescente quedó embarazada en su primera experiencia sexual. Yo tenía un trabajo de tiempo completo y no estaba preparada para ser abuela, como tampoco lo estaba ella para ser madre. Mis amigas se turnaban para llevarle el almuerzo a la casa mientras yo estaba afuera. Me sentí muy tranquila sabiendo que mi hija estaba comiendo bien y que la cuidaban personas que se preocupaban por nosotras en esos momentos difíciles.

A través de los años traté de darles la bienvenida a los nuevos vecinos que se mudaban al barrio, dejándoles en la puerta de entrada un paquete con algunas cosas necesarias y una nota con nuestro nombre y número de teléfono para que se comunicaran con nosotros si necesitaban ayuda. A veces, recibía una llamada telefónica, otras no escuchaba nada de ellos. Una nueva vecina me sorprendió al hornear un pastel para nosotros. Para presentarse hizo pasteles para todos los vecinos a su alrededor y a lo largo de los años, sin tener una razón especial, nos ha traído deliciosos pasteles y otros postres. Yo la llamo «el ángel del barrio». Muchas veces me levanta el espíritu y me inspira con su generosidad y habilidad para llegar a los demás. Ella me enseñó que ser el nuevo chico del barrio no significa esperar a que los demás se acerquen primero. Ambas partes tienen la oportunidad de hacerlo.

En los últimos años, la mañana de mi cumpleaños, al abrir la puerta encuentro estacionada a la entrada, una motocicleta con las llaves puestas. Un joven, que fue miembro del grupo de jóvenes que dirijo, me la presta todos los años durante una semana. Él sabe que me gusta andar en motocicleta, pero que no me es práctico tener una. Su regalo tiene un gran significado para mí, me deja saber lo mucho que él aprecia mi ministerio, que él reconoce mis intereses particulares y que confía en mí como un amigo.

Sobrellevad los unos las cargas de los otros,
y cumplid así la ley de Cristo.

GÁLATAS 6.2

CAPÍTULO SEIS

«*N*o seas un obstáculo»

No te alejes de mí, porque la angustia está cerca;
porque no hay quien ayude.

SALMO 22:11

Cuando yo era niña y mamá estaba ocupada preparando una fiesta, solía decirme: «Si no vas a ayudarme, por lo menos no seas un obstáculo». Este principio realmente se aplica a las personas en crisis. A veces podemos causar más mal que bien.

Consolar se define como «fortalecer, traer alivio, estímulo, o desahogo en el sufrimiento y el dolor». ¿Realmente les damos consuelo a quienes están sufriendo? ¿Sienten que los brazos de Jesús los rodean mediante nuestro cuidado? ¿Los ayudamos a disipar su dolor? ¿Sienten que los animamos o que los desanimamos?

En el libro de Job, Dios le dedica varias líneas fuertes a los que «no ayudan». Job soportó

115

sufrimientos y pérdidas indescriptibles. Lo despojaron de su casa, su salud y el sostén de su esposa y amigos, y con un fuerte viento perdió a sus diez hijos. Con el corazón destrozado Job vació su dolor y su desesperación, aunque nunca dejó de confiar en Dios. Job le rogó a sus amigos: *Oíd atentamente mi palabra, y sea esto el consuelo que me deis* (Job 21:2). Pero los amigos de Job dijeron: Y *las palabras de tu boca serán como viento impetuoso* (Job 8:2) y hasta culparon a Job por su tragedia: *Al cual veré por mí mismo, y mis ojos lo verán, y no otro, aunque mi corazón desfallece dentro de mí. Mas debierais decir: ¿Por qué le perseguiremos? Y a que la raíz del asunto se halla en mí* (Job 19:27-28).

El libro de Job es el mejor ejemplo que tenemos de las personas que «no ayudan». Los amigos de Job no lo ayudaron a llevar su carga; solamente la incrementaron. Y Dios se «encendió de ira» contra los amigos de Job (Job 42.7). Algunos de nuestros colaboradores nos han dicho las cosas que no los ayudaron:

Al morir mi esposa, un conocido me dijo: «Seguramente Dios necesitaba otro ángel en el cielo, otra flor en su jardín». No es consolador reducir a Dios a una deidad egoísta y necesitada que tiene que tomar algo de nosotros. Él es Dios.

Después de la muerte de mis hijos en un accidente automovilístico, la gente me veía por la ciudad, me daba un vistazo y se apartaba. Yo sabía que estaban aturdidos y no sabían qué decir, pero evitarme aumentaba mi dolor. Todo lo que tenían que decir era: «Hola. Estuve pensando en ti. No sé qué decir» y darme un abrazo.

Después de un aborto involuntario, la gente me decía: «Al menos tienes otros hijos», o, «seguramente Dios se llevó al bebé porque tenía algo malo», o, «al menos no llegaste a conocerlo», o «al menos tienes salud y volverás a concebir». Después de la muerte de mi abuelo, mi abuela me dijo que los amigos le decían: «al menos, pasaron todos esos años juntos». No diga AL MENOS. No intente minimizar el sufrimiento de los demás. Es una ofensa a su dolor.

Me estaba recuperando de una cirugía cuando supe que a veces la gente creía que no me conocía lo suficiente como para ayudarme. Otros pensaron que por no ayudarme enseguida, habían perdido la oportunidad de hacerlo y estaban temerosos de comunicarse conmigo. Nunca pienses que es demasiado tarde para brindarle ayuda a alguien ni tampoco supongas que los demás están ayudando.

Cuando mataron a mi hijo, algunos conocidos y hasta extraños, nos hicieron preguntas personales acerca de las circunstancias de su muerte. Esto fue doloroso e intruso. Casi parecía que querían encontrar algo malo en nosotros para estar seguros de que esta tragedia no le pasaría a su familia.

En el transcurso de mis ochenta años he perdido a mi esposo, a mis padres, a mis hermanos y a un hijo. Mi consejo para ayudar sería este: «No me hagan hablar cuando no lo deseo y no teman estar conmigo cuando hablo». Los dos grandes errores que comete la gente son: (1) hacer demasiadas preguntas cuando el doliente no tiene la energía para contestar, y (2) huir despavorida cuando el doliente, finalmente, da riendas suelta a sus emociones y necesita gritar o llorar.

Mi hijo, que padecía el síndrome de Down, murió a los veinte años. Una parienta dijo: «¡Qué bendición! Ahora está mejor». Me pregunto si su hijo de veintidós años «estaría mejor» si muriera y si eso sería una bendición para ella. ¿Acaso el cociente intelectual permite que una vida sea más valiosa que otra? ¿O es que el cociente intelectual cambia el dolor de una madre? Cuidé a mi precioso y amoroso hijo durante toda su vida y lo extrañaba con desesperación, a él y a sus abrazos cotidianos. Muchos pensaron que estaría aliviada. Muy poca gente comprendió mi pérdida y me sentí muy solitaria en mi dolor.

Cuando perdí a mi esposa, los amigos y familiares me impusieron lo que pensaron ser lo «mejor» para mí. Intentaron mantenerme ocupado y distraído cuando yo quería estar a solas y lamentar la pérdida. Tomaban decisiones por mí basándose en sus experiencias y personalidades. Hubiera deseado que alguien me preguntara lo que yo quería y respetara mis puntos de vista. Nadie puede sufrir por ti. No puedes dar vueltas alrededor del sufrimiento. Tienes que atravesarlo.

He sufrido mucho criando adolescentes rebeldes. Es desalentador recibir consejos rápidos o que me hagan preguntas acerca de la situación. Cuando esté lista, hablaré con la gente que sé que auténticamente se preocupa por mí. Declaraciones tales como: «Dios no te va a dar más de lo que puedas manejar», o «todas las cosas ayudan para bien» suenan huecas y frívolas.

A nuestra hija menor, que se estaba muriendo de leucemia, le gustaba leer. Cuando la llevamos al oculista para hacerle un par de gafas nuevas, él dijo: «De todas maneras, pronto se va a morir. No gasten el dinero en una nueva receta». Él no sabía que los niños que están por morir necesitan que cada día sea significativo y quieren vivir a plenitud la vida que les queda.

Cuando murió mi mejor amiga, comprendí que realmente su esposo y sus hijos necesitaban mucho apoyo. Yo era la persona a quien todo el mundo llamaba para preguntarme qué clase de ayuda necesitaba la familia. Sin embargo, nadie parecía comprender lo mucho que yo estaba sufriendo y que también necesitaba consuelo. Mi consejo es que cuando alguien muera se mire más allá de la familia inmediata y se esté atento a las demás personas que sufren.

Enseguida la gente nos dio consejos médicos y de fertilidad, después de perder el segundo embarazo. Mi esposo y yo necesitábamos tiempo para procesar el dolor y en ese momento no teníamos la fuerza emocional ni física para considerar las opciones disponibles. Yo necesitaba que mis amigas me dieran un abrazo y me dijeran: «Lo siento. Yo lo pasé y sé como te sientes». Luego estaría lista para que me dijeran: «A propósito, puede ser que esto te interese».

El primer día que regresé a trabajar, después del funeral de mi madre, una compañera me dijo: «Sé muy bien cómo te sientes. Hace poco se murió mi gato». ¿Cómo puede alguien comparar un gato con el papel importante que en mi vida desarrolló mi madre? Hubiera sido más sensible decir simplemente: «Lo siento».

Ansiosas de que me repusiera enseguida de la pérdida de mi esposo, mis muy bien intencionadas amigas vinieron a ayudarme a empaquetar su ropa después que él murió. No comprendían que yo necesitaba hacerlo como parte del proceso de mi tristeza, para recordarlo todo acerca de él. En su intento por ahuyentar mi dolor, me robaron los medios por los cuales hubiese canalizado el dolor y así, solo lograron postergarlo.

A veces, la pérdida acerca a una pareja, pero en el caso de la pérdida de un hijo, por lo general separa a los cónyuges. Dos personas ahogándose no se pueden rescatar el uno al otro. El promedio de divorcios es alto entre los padres que han perdido un hijo. Nuestro matrimonio se deterioró después de la muerte de nuestra hija. No tuvimos el tiempo ni el dinero para buscar ayuda. Parecía que nadie se daba cuenta de la seriedad de nuestra situación y el divorcio fue inevitable. Ahora desearía que alguien nos hubiera ayudado para buscar consejo.

POR FAVOR

POR FAVOR, no me preguntes si ya me sobrepuse. Nunca me voy a sobreponer.

POR FAVOR, no me digas que ella está en un lugar mejor. Ella no está aquí, conmigo.

POR FAVOR, no me digas que por lo menos no sufre. Todavía no entiendo por qué, en primer lugar, tuvo que sufrir.

POR FAVOR, no me digas que sabes cómo me siento, si no has perdido a un hijo.

POR FAVOR, no me preguntes si me siento mejor. El duelo no es una condición que se despeje.

POR FAVOR, no me digas que al menos lo tuve durante varios años, ¿qué día elegirías para que muriera tu hijo?

POR FAVOR, no me digas que Dios nunca nos da más de lo que podemos tolerar.

POR FAVOR, solo di que lo sientes.

POR FAVOR, solo di que recuerdas a mi hijo/a, si es que lo recuerdas.

POR FAVOR, solo déjame hablar de mi hijo/a.

POR FAVOR, menciona el nombre de mi hijo/a.

POR FAVOR, solo déjame llorar.

Rita Moran
Amigos Compasivos

CAPÍTULO SIETE

El ministerio Paracleto:
Al lado del que sufre

Al leer estos capítulos es probable que hayas notado que pocas veces la ayuda más significativa venía en forma de programa organizado sino que por lo general, venía en el contexto de las relaciones interpersonales. Las actividades de la iglesia, el conocimiento teológico y toda una hueste de programas tradicionales en las iglesias, no pueden garantizar el cuidado espontáneo y el interés e intimidad de la comunidad en las relaciones interpersonales. Es casi imposible reconocer el dolor de alguien sin estar relacionado con esa persona. La ayuda empieza por observar y estar alerta a los cambios en la vida de alguien.

Dios relaciona a la gente de manera poderosa y milagrosa. PeggySue y yo hemos observado los grupos de cuidado y de estudio bíblico, inspirados por el Espíritu Santo, que vinculan a los miembros en una íntima relación, donde se produce una auténtica y verdadera ayuda comunitaria. Otros programas parecen perder el objetivo. Son artificiales y parece que solo cumplen un mecanismo. Estos programas satisfacen necesidades sociales pero fallan al no brindar un lugar a salvo para compartir las luchas íntimas. Las acciones fuera de una relación de amor son vacías y carentes de sentido. Son funcionales. Recibir una llamada telefónica o una comida como resultado de aparecer en una lista de alguien, no siempre logra que la persona que la recibe se sienta abrazada por Dios. Los colaboradores nos han demostrado que lo que se hace no es tan importante como la forma en que se hace.

Si es difícil que la gente se vincule en los grupos estructurados, entonces, ¿qué puede hacer la iglesia para no perder de vista a las personas que sufren y que no tienen un sistema de apoyo? Los programas de las iglesias solo son eficientes en la medida en que sirvan para estimular las relaciones interpersonales. Esto era lo que me rondaba en el cerebro cuando me dieron la oportunidad, con el apoyo del plantel de las diaconisas, de desarrollar un programa que fomentaría las relaciones naturales para ministrar.

Lo llamamos el Ministerio Paracleto que da a los miembros de la iglesia la oportunidad de acercarse y apoyarse unos a otros. Simplemente, quisimos abrir la puerta y no ser obstáculos en la obra de Dios.

Nuestra filosofía se basó en tres principios: (1) La iglesia es un hospital para la gente dolida, un hogar para los quebrantados, (2) la gente se vincula entre sí mediante el dolor en común, y (3) el cuidado del otro comienza con la comprensión.

Primero, estudiamos los temas pertinentes y las luchas en nuestra congregación. ¿Dónde estaba el dolor de nuestra gente? Durante un año mantuvimos discusiones mensuales y en cada reunión nos basamos en tópicos específicos que incluían:

- Vivir con serias enfermedades
- Ser padres de hijos desafiantes
- Vivir con nuestras emociones: Ira, depresión y temor
- Sobrevivientes de orígenes abusivos o disfuncionales
- Lutos y pérdidas

- Matrimonios difíciles
- Vivir al estilo soltero en un mundo para casados
- Manejar el estrés: Equilibrar las demandas de la profesión, familia e iglesia

En cada panel, seis u ocho personas comentaron sus experiencias sobre el tema seleccionado. Se evaluaron distintas perspectivas. Alentamos la asistencia de la gente de nuestra iglesia al igual que los de la comunidad. Estos encuentros no tenían la intención de ser sesiones de terapia ni grupos de ayuda. Era bienvenida toda persona que estuviese luchando con los mismos problemas o que tuviese interés en aprender más sobre el tema para ayudar a otros.

De los pocos que narraron su historia había un hombre que padecía diabetes, un padre que estaba criando a un niño incapacitado mental, una viuda reciente, un padre solo, una mujer que violaron de niña, otra que tenía el padre alcohólico, un hombre que se estaba divorciando, una mujer que tenía dificultades en su matrimonio, alguien con una enfermedad terminal. Una mujer, muriendo de cáncer, estaba muy enferma como para asistir a las reuniones y mandó una cinta grabada.

Después de su muerte, la familia guardó la cinta como un tesoro.

La regla más importante que teníamos era que la reunión tenía que ser el lugar más seguro para contar el caso. Íbamos a respetar el dolor y la privacidad de los demás. De las reuniones no saldría información alguna. Era confidencial.

Sobre una mesa se colocaron libros, listas de lecturas e información sobre cada tema. Se invitaba a cualquiera que estuviera interesado en participar en una red permanente de apoyo o en un grupo que se basaba en un tema de interés. Debido a las muchas ocupaciones, raramente la gente se interesó en un compromiso regular, pero sí se comunicaba de persona-a-persona con los participantes. Un coordinador cerraba cada reunión con preguntas, comentarios breves y oración. Después se tenía un brindis para permitir que los participantes pasaran un tiempo juntos.

El resultado más significativo del programa fue la nueva comprensión que los participantes adquirieron de los demás. Una respuesta común era: «Hace años que conocía a esa persona y ahora por fin entiendo las luchas que pasó y por qué reacciona de la manera en que lo hace». La comprensión es la llave para desarrollar las relaciones interpersonales, la puerta a un interés genuino.

Idealmente, cada uno de nosotros tendría unas relaciones naturales que lo apoyaría en las crisis de la vida, pero la iglesia puede ser un instrumento para brindar «compañía» alentando esas relaciones.

Con profundo agradecimiento a las siguientes diaconisas por acompañarnos a implementar el Ministerio Paracleto: Debbie Fretwell, Isabel Harrison, Patty Johnsen, Ramona Palmer, Debbie Sawyer, Kris Simonsen y Cyndi Wolke.

Una palabra final

Peggy Sue y yo queremos dejarlos viajando en la ruta de la ayuda con una nota final de aliento. Nadie puede ayudar a todos. Con frecuencia me abruman las crisis que veo en las vidas de quienes me rodean. Para dondequiera que me vire, observo cómo ayudaría a alguien. A veces, tengo varias amigas que, simultáneamente, están pasando por alguna crisis. Quisiera ayudarlas a todas, pero el día no tiene tantas horas. No podemos suplir las necesidades de todos, mucho menos sus deseos. Y todos preferimos ser los que brindemos la ayuda, en lugar de recibirla. No queremos agregar nuestras cargas a las que ya tienen nuestros amigos. Sería un doble impedimento. Las relaciones de mutuo cuidado son ideales, aunque no muy comunes.

Un horario que causa tensión, con numerosas demandas, nuestras crisis familiares, un esposo que viaja semanalmente por causa del trabajo, tres niños activos y mi trabajo, me hacen sentir que no tengo mucho para dar. En cada vuelta me siento como una fracasada. A penas puedo manejar mi vida, mucho menos ayudar a otro a llevar su carga. La prioridad en nuestra vida es cuidar a nuestra familia. Sacrificar las necesidades de nuestros hijos y cónyuges no ayuda a nadie y, simplemente, deja más destrucción. Se requiere un equilibrio difícil de mantener.

Sin embargo, la verdadera ayuda, siendo ese milagroso vínculo de compasión, es obra de Dios hecha por medio de su Espíritu Santo. Hasta en medio de nuestras luchas y vidas ocupadas, podemos ser mensajeros de Dios para dar esperanza. Al buscar Su guía en oración, Dios no mostrará un camino claro y natural para ayudar a algunas personas específicas que Él quiera que consolemos. No va a ser un misterio ni una tarea abrumadora. Un acto de bondad inspirado por estas páginas pudiera ser el amoroso abrazo de Jesús para ese espíritu quebrantado. El círculo para ministrar será variable. Dios promete ir al frente de nosotros para guiarnos y seguirnos para protegernos y animarnos. «Pero no tendrán que apresurarse ni salir huyendo, porque el Señor marchará a la

cabeza; ¡el Dios de Israel les cubrirá la espalda!»
(Isaías 52:12). Estamos gratamente asombradas de
cómo Dios impacta las vidas y ama a las personas
por medio de nuestras frágiles manos humanas.

*Dios no nos consuela para que estemos
consolados, sino para que seamos consoladores.*

JOHN HENRY JOWETT